蒙尘的镜子

卢卫平 著

卢卫平诗选（1985—2020）

山西出版传媒集团 北岳文艺出版社
BEIYUE LITERATURE & ART PUBLISHING HOUSE
·太原·

图书在版编目（CIP）数据

蒙尘的镜子：卢卫平诗选：1985—2020 / 卢卫平著. — 太原：北岳文艺出版社，2021.5

ISBN 978-7-5378-6390-2

Ⅰ. ①蒙… Ⅱ. ①卢… Ⅲ. ①诗集－中国－当代
Ⅳ. ① I227

中国版本图书馆 CIP 数据核字（2021）第 070448 号

蒙尘的镜子——卢卫平诗选（1985—2020）

卢卫平 / 著

//

出品人
郭文礼

选题策划
左树涛

责任编辑
左树涛

书籍设计
张永文

印装监制
郭勇

出版发行：山西出版传媒集团·北岳文艺出版社
地址：山西省太原市并州南路 57 号
邮编：030012
电话：0351-5628696（发行部）　0351-5628688（总编室）
传真：0351-5628680
经销商：新华书店
印刷装订：山西人民印刷有限责任公司
开本：787mm × 1092mm　1/32
字数：199 千字
印张：8
版次：2021 年 5 月第 1 版
印次：2021 年 5 月山西第 1 次印刷
书号：ISBN 978-7-5378-6390-2
定价：39.80 元

目　录

第一辑　我后悔让这块石头开花

第三辑　我在喧嚣中写下的诗

第一辑　我后悔让这块石头开花

多年后

多年后，我将年逾古稀
没有衣锦，我也还乡
写完这首诗，我就开始注意饮食
和卫生，坚持慢跑，不发怒
为多年后还能种丝瓜、小白菜
朝天椒、刀豆积攒一些力气
这是我一生相依为命的蔬菜
如果还有空闲，我将在我房前屋后
栽下一些竹子，竹子里的风声
会替我回忆我清贫的一生
如果下雪，竹叶上轻轻颤动的雪花
多像我的白发闪着逝去岁月的光芒
我有足够的耐心等到竹子拥挤时
开始编织竹篮，一天编一个
我为每个竹篮取一个乡土的名字
写五十字以内的编织笔记
这些无用的名字和笔记
只是为了给一模一样的竹篮
一个短暂的记忆和区分
一年三百六十五个竹篮，装着竹子生长
耗费的时光和我最后的积蓄

谁一无所有，谁口干舌渴
我愿意把所有的竹篮给他
我唯一的心愿就是他能打到水

2011 年 9 月

中年货车

我知道，还可以装一些不肯熄灭的酒
一些喜鹊吵不醒的梦，一些大海的豪言
一些闪电的愤怒和冰雪的泪水

但我不再装了。我要留下一些空间
让风吹过时有短暂地停留，为写着诗句的纸片
为一朵不愿意凋谢的墨菊

我知道，还可以用力踩没有生锈的油门
在不知终点的高速公路上狂奔
从群星闪烁的子夜到细雨蒙蒙的黎明

但我为了省下一些心跳
给开花的铁树，夕阳里散步的蜗牛
生锈的水龙头和记忆中所有越来越慢的事物

我走在来时的路上，遇见的人都似曾相识
当年栽下的白桦树，为远走他乡的落叶
回到枝头，一个冬天没合上眼睛

起点就要成为终点。我不再担忧

刹车会在玫瑰绽放的瞬间失灵
不再担忧悬崖上有拐不过的急弯

在这条路上，谁也无法调头
我应该还有足够的时间卸下青草的悲悯、豹子的名声
泥土的情感和像石头一样被反复命名的自己

大地上应该还有足够的山水
让我选择我成为废铁后
最后安顿的地方

2011年6月1日

半　白

岁月的冬天不会将雪下错地方
白茫茫的镜子里，我的头发白了一半
窗前，半江碧水白白流走
母亲不在了，留下父亲在半个故乡
守着半边天空，白云千载，空悠悠
还赞美白露吗？它已在半夜凝结成霜
风雨中的半老徐娘
就是当年西湖边
那个朝思夜梦的白蛇娘子？
无法摘除的白内障里
萍水相逢爱过的人，一刀两断恨过的人
都已面目模糊。白日依山尽
但我不会再上鹳雀楼
我黄昏的阁楼里有一张白蒙蒙的书桌
一本白色封面的诗集在等着我
去听白鹤在旷野孤独的唳鸣
去看白鹭在暗夜忧郁的舞蹈
揉皱的稿纸上有我提前写好的墓志铭
我不会交白卷
我不会恐惧魔鬼交卷的铃声
酒肉过后，一棵白菜
足够陪伴我剩下的白发飘飘的半生

2012 年 10 月

在命运的暮色中

在命运的暮色中
一个盲人在仰望天空
一个聋子在问盲人，看见了什么
盲人说，看见了星星

聋子沿着盲人的方向望去
有星闪烁
聋子问，你是怎么看见的
盲人说，坚持仰望
就有不灭的星在内心闪耀

你听见星星在说什么
盲人问聋子
聋子说，星星正在和哑巴交谈
哑巴的手语告诉我
星星将引领我们走向光明的坦途

2003 年

钉　子

是谁在你开始生锈时
一次又一次粉刷墙壁
墙壁的白，伤害着你的黑
你曾是墙壁上唯一的亮点
艳丽的衣帽挂在你的脖间
你记不清从哪天开始
你的醒目，是因为你成了
一个斑点，你想起对一颗烂牙
最残酷的惩罚
即使曾经咬碎过石头
咬开过酒瓶铁盖
就让它慢慢烂着
也不拔掉，这难道是一根钉子
必然的结局，你的痛
被墙一次次地粉刷遗忘

2020 年 1 月 3 日

安　慰

午夜，雨丝不再相互缠绕
我听出了乱云在为此前的吵闹声
向我道歉，这让我感到安慰

为缝补多年前那件你在诗中撕破的
黑色衬衫，凌晨三点，我还在用一丝丝痛
穿过记忆渐渐昏花的针眼

过时的岁月熟睡在雨水的空隙处
他们不会知道熄灯后，入睡对于我
是怎样艰难。当眼睛屏蔽了天花板

潜意识活跃起来惊醒流水
雨滴又开始相互追赶。要不是玻璃柔软
我的心就会被敲碎

一只鸟儿，我的新客人
在窗台上不停颤抖
像一个迷途者刚看见人烟

为它我重新打开灯，让太阳

从我九平方米的卧室真正升起一次
我发现，睡眠是多么需要被安慰

2010 年 4 月

我后悔让这块石头开花

我敲开这块石头
我将一块大石头
变成许多小石头
叫作石头开花
石头开花就是石头开口说话
可当我看见一个个
跟着大风的脚步奔跑的小石头
在风停下来后也沉默不语
我就后悔让这块石头开花
我能忍受一块大石头
长久地沉默
但弱小者的沉默
总让我感到惶然不安

2019 年 5 月 6 日

青 苔

我祝福
那些已成为宝玉的石头
我偏爱
所有没有实现梦想的石头
我用生命
年复一年地
在这些石头上
做着时间的笔录
我告诉世界
即使是一块被遗忘的石头
也能找到它的陪伴
也有它的春夏秋冬

2020年1月30日

沉　默

我在春天沉默
我相信听见惊蛰虫鸣的人
都知道我会说什么

我在夏天沉默
我不愿意被雷声惊吓的人
像闪电一样战栗

我在秋天沉默
我担心我为果实说的每一句话
都会遭到落叶的非议

我在冬天沉默
我舌尖上鼓噪的鸦群
不及一片雪花的无声无息

2019年6月27日

我 们

我们栽树
不是和鸟儿争夺天空
而是为它们能多一把
弹奏大地的木琴
我们脸上有旋涡
不是要淹没你
而是为你能饮一杯
醉人的微笑
我们远足
不是背你而去
而是为你寻找失去的家园
我们痛哭
是为了在泪水里
显影出另一个自己
我们无比宽容和善良
绞尽脑汁
将月亮脸上的疤痕
描绘成一棵
暗香浮动的桂花树

1985 年 7 月

终　于

终于习惯了在白天的喧嚣中沉默
夜晚却响起了无法抑制的鼾声
是什么让我睡着了还在喊叫

终于因为磨难有了骨气
五万斗米我也不会折腰
诊断书上却宣判我是骨质疏松症晚期

终于知道我手中那些千辛万苦的沙子里
有世人看不见的黄金
它们却都在我紧紧抓住时纷纷流逝

终于可以清晰地听见自己的心跳
可身体那列渐渐老去的火车
每次喘息都拉响拐弯或即将到站的汽笛

终于站在自己建造的高楼顶上
瞬息万变的云彩就要为我加冕
我却看见了整个世界都在随我颤抖的双腿摇晃

终于在向疾病学习的过程中学会散步

夕阳的余晖里有我最好的藏身之所

那个承诺跟我捉一辈子迷藏的人却厌倦了寻找

2010年1月19日

月　末

每到月末，他就会搬动家具
有限的几件家具在他无限的想法中
反复改变着他狭小的生活

搬动的最多的是沙发和床
他用搬动沙发来变换窗外容易厌倦的风景
和喧闹而单调的鸟声

是同一个沙发，还是另一个沙发
经常来喝酒的几个写诗的朋友
不止一次坐在被他搬动的沙发上争论

在一切为了有用的年代
他乐意听到这样无用的争论
他一直相信床能改变梦的方向

不耽误每一缕晨曦，许多人喜欢床头对着太阳
他不是这样。他希望太阳最后照到他
他总是在暗夜找到最闪耀的词

搬动衣柜时，他得竭尽全力

好像只有这样才能抖落风衣上
看不见的风尘。一件发白的棉衣

他舍不得丢掉，二十多年了
他就靠这件棉衣帮他记住故乡
他搬动相框，他不能让一张黑白照片

在一面墙上生出记忆的锈迹
那样墙会斑驳，他会眼花
独自一人时脆弱地叹息会充满沧桑

他最欣慰的是搬动鞋架
那些千辛万苦的鞋子
终于能够不用自己走到一个新的地方

他唯一没有搬动过的就是书柜
这源自他对海德格尔和博尔赫斯的敬畏
静默的书里他们说出了世界的秘密

他最好奇的是一个又一个月末
搬来搬去的家具从未对他表达过
一丝一毫的厌烦，并用薄薄的灰尘提醒他搬动

2010年3月7日

石头和水

那年我七岁，在池塘里打水漂
石头为了自己走得更远
不停地划伤水，石头嚯嚯的声响里

有水的疼痛。石头沉没了
水面上只留下一圈圈叹息
我性格中的柔软从这叹息里开始

上学路上，要经过一条小河
枯水季节，河里的石头比水多
我光着脚，走在这些石头上

光滑，圆润，没有划伤的危险
从山上流下来的水在暗中费了多少心血
才把石头教育得这么温顺

我一直怀疑我的世故跟这些石头有关
上地理课后，这条叫倒水河的小河
流到了长江。我也跟着它到了省城

在长江边上，我一次次试着将一块块石头

从北岸投掷到南岸。我扔出的石头在中途落水
我人生的许多失败都是这些石头落水溅起的回声

此刻，我放下鱼竿，坐在海边
看见大海开出的花朵在瞬间凋谢
看见即将分离的人说着海枯石烂

我微微一笑，像夕阳消逝前在海面闪烁
再过一会儿，大海就会退潮
我会在海滩上捡拾到大海给我的贝壳

但我起身走了，多少年过去了
我已不再纠缠于水落石出
时间堆积的淤泥下无数失去棱角的石头无疾而终

2012 年 8 月

无名指

大拇指是用来赞美的
尘世的荣光和美好的瞬间
都是大拇指和我一起分享的
食指是用来拉钩的
它让我年过半百仍然相信
那些我没有再见到的人
只是暂时离开而不是永远消失
愤怒时我会紧握拳头捶击大地
我只在出奇愤怒时对着苍天竖起中指
我有多久没发呆了
我怀念那些在发呆时将小拇指
含在嘴角的时光
在那些时光里的若有所思
成了我诗歌中令人回味的部分
我忽视我的无名指了
直到一次酒后削苹果
鲜血和疼痛让我看见无名指
默默无闻地存在
一个星期后
我办一个证件需要填几张表格
每个表格都需要签名按手印

我一改以前用食指按手印的习惯
用无名指在我的名字上按下手印
我还有多少机会按手印
我会将以后的每次按手印的机会
留给我的无名指

2019年4月8日

葬花词

如果不去想它的毒，罂粟花
就是世界上最美丽的花
波德莱尔四十六年的忧郁
没有走出它给巴黎酿造的幻觉

没有谁会想到，里尔克会死于玫瑰
他一生赞美玫瑰，但玫瑰的红
没能让血浸透他五十一岁的鹅毛笔

宦海中沉浮，出污泥而不染
为与荷花相拥而眠，屈原溺水而亡
六十二岁的《离骚》穿越时空的叹息

为桂花的暗香，大江东去的苏轼
在月亮上建造虚无的蟾宫
如梦的人生，在六十四岁的夜晚
发酵成一坛千年的烈酒

菊花的黄，让李清照一生的爱恋面无血色
七十一岁的黄昏，一层薄霜
为她写出清瘦的挽联

陆游八十五岁了，嘴里还吟着《钗头凤》
一把老骨头，比梅树的枝丫坚硬
梅花零落成泥，他才含笑闭上眼睛

这些幸运的花，这些陪伴诗人安葬的花
它们找到了复活的秘密
就像此刻，我面对一朵昙花
我愿意用一生为它找到一个词
让它瞬间地开放成为永恒

2011 年 10 月 2 日

四十四岁的弥尔顿

四十四岁的弥尔顿双眼失明
四十四岁的弥尔顿已不需要一双肉眼

从《失乐园》到《复乐园》
从撒旦到上帝，从哀歌到颂歌
他看到了彩虹之上的一切

为俗世的快乐，我削尖目光
在生活的缝隙钻研功利和虚荣
四十四岁的冰雪中
我才看见一个微笑暗藏的钝刀
一张白纸包住的烈火

四十四岁的弥尔顿已不需要眼睛
四十四岁的我才睁开一双肉眼

合上他的传记，夜已深了
西窗上最闪亮的那颗星
就是弥尔顿啊，他照着无边的大地
照着我的敬畏和愧疚

2011年10月5日

雪中的乌鸦

只有来自天堂的雪
能为人世间的乌鸦雪耻

为等待一场雪的降临
乌鸦成了冬天树枝上唯一不落的叶子

它希望它的执着能挽留雪花
它希望雪就是它梦想中的洁白外套

它想收回它曾说过的每一句话
它在雪中沉默，多么像一只温顺的鸽子

它无法冷却内心的温度
无法让血在飞过墓地时停止流动

它渴望为它雪耻的雪
成了在冬天淋湿它的泪水

2011 年 10 月 3 日

信号弹

小时候看黑白电影
看见信号弹
我就会跟着大人们
一起欢呼
大部队来了
鬼子的末日就要到了
年过半百
还是那部黑白电影
看见信号弹
在响彻山野的冲锋号里
我沉默了
我知道
这部我一直喜爱的
电影就要剧终了
信号弹
那么刺眼而孤单

2018 年 10 月 15 日

时间并没有放慢脚步

一些事，简单而熟练
但我现在做起来，不知不觉慢了
比如刷牙，洗脸，梳头，照镜子
喝一壶浓茶，饮一杯老酒
吃熟透的杧果，嚼带骨头的肉
读一本线装书，写一封家书
走一条小路，不踩到蚂蚁
送别友人，转身后听见他的抱怨
看潮水在夕阳中淹没沙滩上的脚印
在这样的慢中，大海渐渐陈旧
钟表锈迹斑斑，曾经的车水马龙
终于在内心偏安一隅
我知足，平静，不在一朵杏花的凋谢里
回忆昨天，不在一个苹果的芳香中
向往明天。偶尔地惊慌
来自镜中那个渐渐陌生的人
他用牙齿脱落后空洞的缺口告诉我
时间并没有放慢脚步
它一直在奔跑，不知疲倦

2011年6月23日

我承诺过每一块劈柴

一夜间，春天的草药
治愈了大地的健忘症
在冰里坚持歌唱的水
已打开浪花的喉咙
在蛹中沉睡的蝴蝶
已找到五彩的翅膀
但我仍不肯熄灭冬天的火炉
这不是怀旧，也不是忏悔
我承诺过每一块劈柴
让它们燃烧
让它们的火焰
像风中的树一样舞蹈
这是它们的前世今生
我不能宽恕我劈开的劈柴
在雨水中腐烂
成为蛀虫的乐园

2013年4月20日

一个人走在旷野

乌鸦的叫声让他抬起头
他看见乌鸦的翅膀下
藏着黑色的闪电

他的铠甲瞬间被击穿
裸露在风中的
只有他内心的枯草

他身后的衣袋
有他一生的干粮
到此时他才会意外找到

2011 年 4 月 5 日

疼　痛

深夜，楼上传来笑声
像从黑暗的剑鞘里
抽出一把孤独的冷剑
刺穿窗外的寂静
此刻，曼德尔斯塔姆的诗全集
刚好被我读到“黑色的蜡烛”这一页
我一阵抽搐
我不知道我胸口的疼痛
是来自楼上冷冷的笑声
还是蜡烛滚烫的泪水

2011 年 2 月 17 日

废弃的铁轨

废弃的铁轨上
走着迷途的诗人
没有老火车开来
没有轰鸣的汽笛回响
荒草弥漫的河谷
夕阳在远山的眷恋中
渐渐淡忘了他瘦长的背影
暮色随纷飞的银杏树叶降临
没有人想知道
诗人要去向何方
没有人会追问
诗人将寄宿何处

2018 年 10 月 3 日

蝶恋花酒家

蝶恋花酒家
生意火爆
大厅天天排长龙
见首不见尾
单间要提前一天预订
两千元一只的澳洲龙虾
一天能卖出三十多只
四面八方的诗人到珠海
我都会带他们来这里吃饭
但我从未点过龙虾
就像我从未告诉他们
这家饭店在十年前
是一家叫作星期五的书店
二十元一本的《恶之花》
一年没卖出两本

2019 年 6 月 20 日

暮色降临的脚步越来越近了

心肠越来越柔软
动脉越来越硬了
皱纹越来越密集
骨质越来越疏松了
深睡的时间越来越短
夜越来越长了
下酒的菜越来越多
一起喝酒的人越来越少了
亲手栽下的树越来越高大
背靠着树的身躯越来越瘦小了
说话的声音越来越低
血压越来越高了
上楼梯越来越慢
呼吸和心跳越来越快了
吸顶灯越来越亮
目光越来越暗淡了
还有多长的路要走越来越清晰
鞋子却越来越迷惘了
书架上的书越来越厚
能坚持读完的部分越来越薄了
隔壁小女孩的歌越唱越甜

我在阳台上吞服的药越来越苦了
山坳里的夕阳越来越远
暮色降临的脚步越来越近了

2019 年 4 月 15 日

一只黑鸟带来黎明的消息

其实
我只听见鸟声
没看见鸟

我在鸟声中睁开眼睛
我将我没有看见的
带给我黎明消息的鸟
都叫黑鸟

2019 年 3 月 1 日

焚　书

总有一些书
是用来焚烧的
它发出的火光
照着我
在暗夜
读另一些书

2018 年 9 月 29 日

哥特兰岛的午夜

波罗的海发出的鼾声不需要翻译
我听懂了鼾声中的蓝色词语
我醒着，教堂顶上的十字架也醒着

我醒着，是因为时差
此时，我的国度拥堵在上班的路上
阳光下每一张脸上都写着匆忙

十字架醒着，是因为它的祈祷
还没有完成，它在祈祷天堂的星光
不要放弃灯盏熄灭后的大地

此刻，在我的国度
无数的人正在想新的一天还有什么可以得到
而我在哥特兰只想还有什么没有失去

2012 年 10 月

打开天空的钥匙

鹰在盘旋
像一枚孤独的钥匙
在落日巨大的锁孔里
忧郁地转动

暮色的羽毛纷纷降临
鹰即将收起翅膀
那未完成的飞翔
它会交给陌生的云

天空的诞生者
在星星的宫殿
找到闪闪发光的坟墓
我仰望着它宁静地安葬

2011年3月

有　人

有人在山西叹息日薄西山
仅仅下了一场雪
有人就在山东东山再起

有人在南山做南柯一梦
仅仅一声乌鸦叫
有人就在北风中面北哭泣

有人受了命运的召唤
正午的太阳下
有人举着的灯笼心脏一样鲜红

有人知道太阳提前熄灭的秘密
有人的灯笼
将照亮剩下来的世界

2010年10月

钟表匠

一场大病后
他决定不再把一生的技艺
传给他唯一的儿子
他忧心儿子像他一样
校正了方圆百里的时钟
最终在剧烈的咳嗽中明白
天下最精湛的钟表匠
能把秒针对准日落月升
也无法校正自己身体内的时钟

2010 年 8 月

处理一个烟头的三种方式

不要掐灭烟头
掐灭烟头不会让长夜变短
不能让你的孤独熄灭
不要用水浇灭烟头
让你万念俱灰的不是苦痛
而是苦痛过后的一声叹息
让烟头保持它在烟盒时的姿势
躺在烟灰缸里自己熄灭
像一个看清事物本质的人
在灰烬中找到复燃的词

2018 年 9 月 26 日

苍龙岭

走到苍龙岭，我已经对华山
感到畏惧了。我怀疑我将成为无数个
上不到华山顶的人。在我抬头
望着顶峰长吁短叹时，有人从苍龙岭
往山下走。我不知道这些登上去的人
已经获得了什么。表面看
每个人都是一脸的劳顿和匆忙
他们的内心未必取到的都是蓝天色彩
但我仍希望他们用一句谎言
给我鼓励。或者告诉我，他们拿到的是
白色药布，已经贴在曾经失败的疤痕上
看来，下山的人大多都已累到极限
经过我，很少有人侧身给我让路
我每走不到十个台阶，就得避避
那些成功归来者，或许，他们是在
苍龙岭眺望到了新的未来急着下山
我一生都是在这样的交错中
仰望高峰，并不断解决着自己的迟疑

2008 年 10 月

在绝壁

华山手册上写着，这是从未有人
能上去的绝壁
鸟儿凭着翅膀，却在绝壁上安置着
一家老小。千山无人迹
鸟雀飞不绝。在这里
与鸟儿相比的还有野草
他们在平常中，获取了怎样
生存的钙质。万物叹绝壁
草芥无烦忧。携走世间嘈杂的闲云
侧身给我们攀登绝壁的人让路
我和我一起，站在绝壁前
向下寻找熟悉的地平线，为了
高处的沉默，我已临风赶路二十年

2008年10月

三　月

树开始了向天空的奔跑
燕子在似曾相识中
听见一个老人唱起儿歌
冰在消融，沉默的河流找到
丢失的乐谱。石头的脸湿润
冬天长在大地的雀斑渐渐消退
趁露水未干，看我一眼吧
你会发现卑微里的美好
这是一棵小草在清晨
对我说的第一句话
我有一些激动，很多遗忘的词
回到诗中。很多远方的事物
又在眼前闪耀
林中的小路默念着
很久没来散步的人
我想起我长眠在大地的母亲
会不会随一缕清风醒来
她一生似乎错过了所有的春光
那么多的煎熬和牵挂
在三月都成为喜悦和幸福
而我知道这一切很快就会过去

三月都是短暂的、漫长的
是四月，是清明细雨中
那些像我一样在旷野
泪流满面的人

2007 年 3 月

阴　影

下午四点，太阳走过索菲亚教堂
塔顶。一道阴影正好落在
我满是尘埃的身上
我顿时感到清凉，停下脚步
迷茫的眼睛，被阴影点亮
我看见一群鸽子无声地在教堂上盘旋
燥热烦闷的内心，渐渐平静
我决定不去我必须五点前赶到的地方
我在教堂前的台阶坐着
等阴影在鸽翅下长大，弥漫
整座城市的夜色，从这阴影中降临
在这样的夜色里，黑暗的人
或许能看见光明，失眠的人
或许能熟睡在蓝色的梦里
不安的灵魂，或许在宁静中
露出星星一样遥远而亲切的微笑

2009 年 5 月

晨光中的柿子树

一夜风吹。落叶引领萧瑟的草木
唱起季节的挽歌
你挂起灯笼，点燃晨光
你要让从黑夜里醒来的人
不再忧心鬓角的霜降
不再在迷雾中传播太阳失明的谣言
树木中的但丁，在大地的炼狱
经历了怎样的漫游
才从坚硬的黑暗里榨出柔软的阳光
站在你面前，我像一个倾听的天才
透过你的枝丫，听见在晨光中睡去的
众神沉默的密语

2009 年 4 月

抽烟的人走了

抽烟的人走了
烟灰缸里的两个烟头面对面坐着
一个在闪烁其词地说一些悔恨的话
一个在渐渐冷却的灰烬里叹息
烟灰缸像一个被收买的证人
对谁都是沉默

2007 年 3 月 3 日

楼道的灯坏了

楼道的灯坏了
我摸黑走到七楼
打开家门
我发现
我的家竟然
那么亮堂
多少年视而不见的事物
也在闪闪发光

2004 年

在白居易墓前

一个内蒙人说，离离原上草
一个西藏人说，一岁一枯荣
一个海南人说，同是天涯沦落人
一个甘肃人说，相逢何必曾相识
一个杭州人说，回眸一笑百媚生
一个上海人说，六宫粉黛无颜色
一个长沙人说，在天愿作比翼鸟
一个武汉人说，在地愿为连理枝
一个南京人说，别有幽悲暗恨生
一个广州人说，此时无声胜有声
一个济南人说，野火烧不尽
一个长春人说，春风吹又生
他们都是说的方言
但每一句我都能听明白

2005年

读　书

昏暗的下午，我在读一本书
蓝色的拼音文字，岛屿一样的插图
让我风尘仆仆的身心沉浸在浩瀚中

波涛翻动着书页，海鸥替我朗读
朦胧的章节，潮涨潮落里
是我一目了然的前世今生

穷经皓首，我能为多少沉船考古
我听见的汽笛，冲破朝雾和暮霭
为迷失在噩梦的人招魂

借着星月，我能彻夜读书
但我不能像鱼一样深入书的内部
我不会比一块沧桑的礁石懂得更多

2009 年

呼伦贝尔

一个饱经沧桑的人
在黄昏的呼伦贝尔
被草深深打动
这些弱不禁风的草
这些见了羊就低头的草
这些一辈子离不开泥土的草
这些像我的乡亲一样卑微的草
手挽着手
竟然跟着太阳走到了天边

2000年6月

椅　子

这把椅子跟我已相识十年了
我一直把它放在书房
我在家的日子就是和它一起度过的
读书写作，想一些我能想到的事情
十年间，无论我内心多么激烈
椅子都一声不吭
也许它的幸福，就是有人坐着
空着是椅子最大的痛苦
我常常用这样的想法
减轻我越来越重的身躯
给椅子的压力
12 月 22 日晚我像往常喝了两杯小酒
坐到椅子上，突然听到椅子发出了声音
像一个患感冒的老人的一声咳嗽
我摸了摸椅子的手
有点冰凉，有点瘦
我在十年里第二次发现这把椅子是木头的
我闻到了十年前我第一次见到它的味道
这味道提醒我，椅子从未
停止过对树的怀念
今天，椅子终于将怀念说了出来

让我听着感动，甚至有些愧疚
我该去那片树林走走
那是我初恋常去的地方
从小鸟给即将成为椅子的树的祝福
我知道我该珍惜什么

2003 年 1 月 22 日

二　手

我呼吸的空气
是烟囱呼吸过的
我住的房子
是民工和老鼠住过的
我穿的衣服
在服装厂就被人试过大小
我出门走的路
留着一夜未睡的人零乱的脚印
我上车时车上已挤满人
十几个人到站下车了
我才坐上一个位子
我吃过的早餐
被苍蝇先尝过
我做的那份糊口的工作
是退休的老王留下的
我买的股票
是被庄家当垃圾抛弃的
我看的晚会
彩排时就被多次修理过
我最喜欢的足球赛
总是在那么远的地方

总是被卫星转播
被解说员支离破碎地解说
我读的书
边边角角都写着注释
我诗中的鲜花
是从大师诗里转基因而开的
我爱的女人
在我不懂得爱时
就被人呵护着
我的女儿来到世上
看到的第一个人是拿着剪刀的护士
而不是手捧鲜花的我
我受苦受难的母亲
她随一阵秋风先走了
留给我一个落叶覆盖的世界

2004 年 11 月 6 日

画　窗

一幅画让我的窗子只向过去打开
忆念的阳光，从画的云层中穿过
照亮眼前正在蔓延的灰暗
世界在轰鸣，霜雪降临
谁还在为我内心的壁炉
添加最后的劈柴
送我画的人，在沙漠深处找水
我只能在梦中打探他的消息
鹰在盘旋，我忧心他不再仰望碧空
废弃的航线上，谁看见翅膀
时光没有尽头，转身或者停止
也许就是抵达。就像此刻的我
让整个下午停留在这幅画中

2009 年 5 月

在深夜谈一条河的治理

是从十二点开始的
在此之前我们一直在喝酒
在谈论女人和发牢骚
有关上游的事情因为神秘
我们知道得不多
刚喝完一杯就到中游了
这里的树砍得精光
水土流失严重
清水成黄水黄水成黑水
鱼不到一岁
就出现第二性征
一阵叹息之后
我们一致认为
从长计议要大量栽树
但眼前的首要任务
是要加紧对草的培养
紧接着就培养草的问题
我们争论不休
直到东方既白
我们才带着各自的观点
到了下游

到了入口海

这时我们发现

被污染的不仅仅是

我们谈论的

一条河流

1996年9月

动物园

我看见老虎他像我蹲了多年监狱的朋友
走近他，看见两颗大虎牙，我才认出他
嘴还是那么大，但吼叫已没有回声
我看见熊猫，他是从线装书中出来散步的
大师，我一直渴望见到他
他孤独地思考让他身体笨拙
他彻夜地痛苦让他的眼圈永远黑着
我看见孔雀，她还是那么骄傲
像我刚进城时见到的市长的女儿
依然美丽中隐约可见一丝岁月的沧桑
我看见野猪，很瘦，不停地吵闹
很明显他不适应城市生活
和他只剩下骨头的胖兄弟比起来，他是幸运的
我看见猴子，他是我在城里的远房亲戚
他对我笑了笑，像儿时一样蹦蹦跳跳
我跟他比赛吃玉米棒子
他还是丢三落四，撒在地上的比吃进嘴里的多
他还是只顽猴，而我
除了名字，一切都已改变
我看见蛇，蛇是我的属相
但我怕蛇，正像我怕一声不吭的人

我在梦中被蛇咬死过很多回
我经过他时脚步很轻
我看见狐狸，他那张尖嘴
多像出卖我的同事
我很同情他，那条祖传的尾巴
注定了他悲凉的结局
我看见豹，是只雄豹
穿着很雌性的衣服
他是我理想中的美男子
高傲中带一点冷漠和忧郁
从里尔克开始，豹经历一百多年才培养出这样的气质
我看见羊，来自澳大利亚
他一直低着头，像我第一次约会的初恋情人
羞涩这种几千年的传统美已在城里日渐消失
这只羊让我感动，我抚摸他
像抚摸初恋情人从千里外寄来的手织的毛衣

2003年5月

多　少

有多少钉子
没有在木头里感受过
一根钉子的锋利和坚硬
就已生锈
有多少苹果
变成果酱
才在一张旧餐桌上
见到那个从枝叶深处
小心翼翼把它摘下来的人
有多少未睡过的睡眠里
有我们最想梦着的人
等着我们去梦
有多少没留下笔迹
就已憔悴的纸
还在朝思暮想着一个诗人
暴风骤雨一样的灵感
有多少未点燃的灯里
还有照亮我们灵魂暗夜的
七彩光芒
有多少灯火通明的身体
内心的黑暗

还像一瓶冬天的墨水

有多少人的死去

比活着

更让我们感到新鲜

2004年12月

空中草原

草原在空中
我站在草原之上
十亿棵草顺着风吹的方向
向我弯腰

这是我的草原
我离说出这句只有帝王
才能说出的话
仅有一座雪山的距离

2014年10月8日

月　光

梦中，黑暗的豹子在悬崖上
追赶着我。我撕裂喉咙
没人听见我的呼喊
豹子张开大嘴，剑齿闪着寒光
在我就要永远闭上眼睛的瞬间
我醒了，毛发悚然，一身冷汗
我看见一片意外的亮光覆盖着我
我想不起来我是怎样睡着的
在日常生活中，我心细如芒
怎么忘了关灯，房间如此明亮
我却被黑暗惊醒，揉揉眼睛
我看见吸顶灯和墙壁灯
睡意正浓，没有一丝醒来的气息
是月光，难道是月光
我静寂的房间才在午夜如此明亮
多少年了，我埋头赶路
只是为了灯光把我照亮
我记忆中的月亮，永远在天空
蓝色的磨刀石上磨着收割的镰刀
窗帘，是风吹开，还是忘了拉上
这个问题，可以想，也可以不想

我关心的是，我无数次背对月光
当我面对月光，月光是否像我记恨
一个离我远去的人一样记恨我

2009 年 2 月

隐秘的忧伤

大街上，一个走在时间前面的人
在梦中总是赶不上最后一班地铁

柳树下，一个不再编柳条筐的人
沉陷在他编第一个柳条筐的那个下午无法抽身

退潮了，夕阳里的礁石庆幸自己摆脱大海的束缚
看见星月，又渴望被浪花簇拥淹没

2012 年 11 月

乌云密布，你让我仰望星空

乌云密布，你让我仰望星空
星汉灿烂，你让我俯首大地

刀生锈，你说是刀在想念伤口
剑不出鞘，你说是剑在黑暗中自恋锋芒

我血液中的火焰被你的泪水点燃
我骨头里的钢铁被你的呼吸融化

我曾经的绝望不是找不到水
而是干渴时我的身边只有海洋

我永不放弃不是只有你能给我答案
而是你每天都有新的谜语而不允许我提问

2018 年 1 月

第二辑　我在等它一脚踏空

分　离

酒瓶睡了
桌上只剩下我和骨头
我听见被锋牙利齿咬过的骨头
张开伤口说话
它没有恨我，它向我问好
它劝我出门在外要少喝酒
夜深了，别凉着胃
别在路灯下看自己的影子
它怀念起和肉相依为命的日子
那多么幸福，虽然是在乡下
虽然只是在一个瓦罐里相遇
它是什么时候学会普通话的
但我依然从它的卷舌音里听出乡音
是我和几个乡亲的聚会
让它骨肉分离
现在，乡亲们走了
也许永远不再回来
我们谁是骨头，谁是肉
我们在岁月的噬咬下
骨肉分离后，有谁能留下来
听听我的骨头用方言搭几句家常

2005 年 3 月

异乡的老鼠

谢谢你常来看我
夜深了并下着雨
你是怎么找到我的
在这座陌生的城市
我是个很随意的人
没请你就座你不要委屈
你就靠在墙角站着
这座城市很卫生
走在大街上我常找不到厕所
你和我一样
活着很不容易
可你能否告诉我
为何我们宁在这餐风饮雨
也不肯回到坡上的土屋

大街五彩缤纷
只有我们还穿着一身灰衣
今天是星期天
我吃了一天方便面
你要是饿了
就啃我还未封口的家书

那里有半碟老家的泡菜

和一缕稻香

1986 年 9 月

富人小区的一次意外

突然的黑暗让人说话
让早应熟悉但直到
黑暗降临前还陌路的人
从各自的房间走出来
聚在楼下的草地上

没有一个窗口亮起蜡烛
停电的房间
没有人愿意多待一分钟
面容慈爱或狡黠
来不及辨清
从普通话的缝隙中
泄漏的方言
是黑暗中相互交换的名片

谁也不是这座城市亲生的
一切就因为工业的父亲
让那么多人爱上城市
这个喜怒无常的继母
孩子抬头的那一刻
星星激动了

这时草地上的每个人都发现
楼上楼下左右隔壁
都住着结构相似的一家人
黑暗帮每个人找到
自己的邻居

1999年6月

我为什么只想到了蚂蚁

一百万只黑山羊
在天空狂奔
人们纷纷回到屋里
关上窗子
将阳台花架上的花盆搬下来
不知蚂蚁是否接到
搬家的通知
黑山羊的雨脚
从天上踩下来
就是铁蹄
我不希望有蚂蚁受伤
雷声轰鸣
黑云压城
我不知道
我为什么只想到了蚂蚁

2019 年 5 月 10 日

倾　听

这么多的果实
是怎样在大地的黑暗里
找到树根
然后沿着树根
爬上树干
最后灯笼一样挂在枝头
在果园
我听不见果农的欢声笑语
只听到果实从冬天出发
经过春夏赶往秋天
奔跑的脚步声

2003年12月

我在等它一脚踏空

它肯定是从鸟窝里
偷偷爬出来的
在轻轻晃动的枝丫上
它每走动一步至少需要
间隔三十秒
这三十秒是它用脚趾
紧紧抓住枝丫的时间
我能听见树叶响时
看见它的翅膀
试着打开
它收拢翅膀的速度
比它试着打开翅膀的速度要快
好像打开需要练习
而收拢天生就会
天色向晚
但我还站在树下
我在等它一脚踏空
等它的妈妈在暮色中
归巢之前
我能看见它的第一次飞翔

2020年1月25日

在水果街碰见一群苹果

它们肯定不是一棵树上的
但它们都是苹果
这足够使它们团结
身子挨着身子，相互取暖，相互芬芳
它们不像榴梿，自己臭不可闻
还长出一身恶刺，防着别人
我老远就看见它们在微笑
等我走近，它们的脸都红了
是乡下少女那种低头的红
不像水蜜桃，红得轻佻
不像草莓，红得有一股子腥气
它们是最干净最健康的水果
它们是善良的水果
它们当中最优秀的总是站在最显眼的地方
接受城市的挑选
它们是苹果中的幸运者
有多少苹果一生不曾进城
快过年了，我从它们中挑几个最想家的
带回老家，让它们去看看
大雪纷飞中白发苍苍的爹娘

2002年1月

尘埃里的村庄

书桌的右边角，是地球仪
五年了，书桌上的书，笔筒
笔记本，稿纸，水晶奖杯没停止过变动
但地球仪的位置没动过
像地球在太阳系中的位置
每个周末，我都会清理擦拭
桌面，但从未擦拭地球仪
地球仪上落满尘埃
像大雾笼罩着地球
这些尘埃，这些放大一百万倍
也无法在地球仪上
像一个国家的首都那样做出标记的尘埃
就是地球上无数的村庄
我出生的龙井冲
就在这尘埃里

2019 年 1 月 7 日

萤火虫

大早起来，我将在南瓜叶上
吸露珠的萤火虫装进
罐头玻璃瓶，大约有一百只
我等这些萤火虫，在父亲
吹灭煤油灯后，照亮九点后的
夜晚，我已经十岁了
半年前，我开始不适应
晚上九点就被强制睡觉
但我找不到父亲的火柴
藏在哪里。父亲的煤油灯
按时熄灭，我的萤火虫
却没有准点点灯，我忽略了
萤火虫是有翅膀的
它点灯，是为了照亮它的飞翔
但我没想到，这些萤火虫宁愿死
也不在一个封闭的罐头瓶里发光
昨晚的南瓜园，萤火虫的灯盏
星星点点，今晚漆黑一片

2018 年 8 月 28 日

有人在楼上喊我

这是在黄昏，视力好的
人，能看到星星，灰蒙蒙
闪烁，我听见有人
用汉语拼音，从楼上向下
喊我，这楼很高，报纸上说
有五十五层，平常路过这里
我都不会抬头，在这座天空
很低的城市，我已有三年
没带着遐想，仰望过什么
我不相信，有人高高在上时
会纯粹地想到我，会用很大的
声音，让更多的人知道我是谁
我短浅的目光，一寸一寸
爬向楼顶，有人在某个窗口
向我招手，我差点将他的面容
看清，就一脚踩空

1998 年 6 月

捕蝇纸

捕蝇纸上落满苍蝇
这些黑苍蝇
这些没有户口的苍蝇
他们怎么也不会想到
梦想中的山珍海味
因为一张纸就咫尺天涯
我数不清多少苍蝇葬身纸上
我更数不清还有多少苍蝇在前赴后继
这些乡下的苍蝇
他们至死也难以明白
这纸上的液汁看上去像蜜糖
怎么一沾着就是毒药

2004 年 1 月

再数一遍

回到故乡
我突然发现
那么多星星
那么多我三十年前
数错的星星
一直等着在城里埋头干活的我
抬起头来
把它们再数一遍

2003 年 2 月

蚂蚁上树

在向阳的一侧
一群蚂蚁排着队
像一根流动的墨线
从树根沿着树干爬向树顶
树不高，在三楼阳台
能用晾衣杆触碰到最高的叶片
但蚂蚁的步幅，这是一次远征
我知道蚂蚁不会成功登顶
不是因为路途遥远
而是枝丫繁密，岔路太多
它们会走散，会迷路
我看到蚂蚁爬行到树干开始分叉时
就翻过树杈，从背阴的一侧
向下爬行。蚂蚁的队伍仍然整齐
我估摸着，这一上一下
需要一整天的时间
这不仅取决于蚂蚁的速度
更重要的是蚂蚁从小
就养成的保持队列的习惯
快的要等等慢的
像吃大锅饭时生产队里

日出而作日落而息的队员
树上没有蚂蚁的饭粒
也没有蚂蚁能在树上
找到安身之所
蚂蚁为什么要上树
像我刚南下到海边这座城市的
那几年，每天都忙忙碌碌
又无所事事

2020 年 2 月 28 日

我拿着一把镰刀走进工地

秋天了，金黄的谷物
像一个掌握了真理的思想者
向大地低下感恩的头颅
我拿着一把沉默的镰刀走进轰鸣的工地
这把在老槐树下的磨刀石上
磨得闪闪发光的镰刀
这把温暖和照亮故乡漫长冬夜的镰刀
一到工地就水土不服，就东张西望
一脸迷茫，比我还无所适从
我按传统的姿势弯下腰，以《牧羊曲》的
节奏优美地挥舞镰刀
但镰刀找不到等待它收割的谷物
钢筋水泥之下，是镰刀无比熟悉的土地
从此后只能是咫尺天涯
镰刀在工地上，是一个领不到救济金的
失业者，是工业巨手上的第六个指头
但我不会扔掉它
它在风雨中的斑斑锈迹
是它把一个异乡人的思念写在脸上
是它在时刻提醒我，看见了它
就看见了那片黄土地

2009 年 8 月

在钢厂热轧车间

九岁的一个午后
在村头铁匠铺的
一次铭心刻骨的烫伤
让我犹豫要不要
进入热轧车间
但广告牌上国际一流的字样
让好奇在一个闪念间
就战胜了犹豫
进入热轧车间
我看见一种钢在飞快中
轧切另一种钢
我走在天桥上
分不清是天桥
还是我的双腿
在巨大的轰鸣中颤动
每道工序都是自动化
我没有看见工人
在车间出口处
我自言自语
百炼钢化为绕指柔
我在机器的庞大

和我身躯的渺小的对比中
所露出的胆怯
是我在热轧车间十分钟里
最柔软的部分

2019年7月

悲悯让我不知所措

天黑了，零下了，他睡着了
在马路边，在贴有寻人启事的
围墙脚下。头枕着一张旧报纸
报纸上说全球变暖
南极冰雪加快融化
报纸下是一块砖，或者石头
胸口和腹部的两片枯叶
是风帮他盖上的
我要叫醒他。他只有一条腿
这一条腿也生满冻疮
半小时，或一个小时后
他或许就永远无法醒来
我不能叫醒他。此时
他也许正在做梦，梦见自己
躺在老家的火炕上
盖着母亲的新棉被
也许，现在是他整个冬天
唯一感到温暖的时刻
叫，还是不叫
悲悯让我不知所措
让我回家的路
在黑暗中渐渐漫长

2008年2月

乡下人

我是十七号中铺，下铺的人
从肚子看像国企伙食科的科长
上铺是个生意人，左手的五个手指
戴着三枚不同颜色的戒指
我的对面是十八号床，下铺是半老徐娘
从背后看上去像一只用了十年的木桶
中铺是她的老公，他上铺时
我担心他会掉下来
上铺是一个少妇，浓妆艳抹
一对豪乳让你感到车厢的挤压
车过大窑山，广播就祝大家晚安
这是使人心动的消息
归心似箭，每一个人离自己的归宿
就隔着浅浅的一个梦
五分钟后，十八号中铺就有青蛙在叫
我烦心的事发生了，坐火车
我最怕有人打鼾，在别人的鼾声里
听火车匆匆，越匆匆感觉越慢
紧接着十七号下铺有猪在哼
十七号上铺有老牛在磨牙
让我惊奇的是，十八号下铺也有青蛙在叫

毕竟是多年的夫妻，他们将在
同一个频道的鼾声里白头偕老
十八号上铺在翻来覆去
但我不相信她是因为鼾声睡不着
半小时后，她的鼾声让我毛骨悚然
像发情的母羊正遭遇失恋
火车在田野里奔跑
我的卧铺票成了一张躺着的座票
我反反复复在想一个问题
这些城里人，为何在睡梦中
都成了乡下人，都在重温我小时候
在乡下常听到的牛，羊，猪和青蛙的叫声

2006 年 3 月

玻璃清洁工

比一只蜘蛛小
比一只蚊子大
我只能把他们看成是苍蝇
吸附在摩天大楼上
玻璃的光亮
映衬着他们的黑暗
更准确的说法是
他们的黑暗使玻璃明亮
我不会担心他们会掉下来
绑着他们的绳索
不会轻易让他们逃脱
在上下班的路上
我看见他们
只反反复复有一个疑问
最底层的生活
怎么要到那么高的地方
才能挣回

2006年7月

喉结上的家乡

家乡的嗓门大
家乡一年有两季
在啃着粗粮
家乡的大老爷们
都有大大的喉结
我是在变声期来临的
那个凉凉的秋天
离开了家乡
我在城里小声说话
一日三餐吃着细粮
不久前
家乡人驮着一袋红苕
坐两天火车
只为看我一眼
他们说我什么都变了
土话里也夹杂着普通话
只是喉结还和家乡的一样大
我对家乡人说
这么多年我在城里
一直是一边吃晚饭
一边看天气预报

家乡常常在这时噎在我喉间

难以下咽

2004年3月

土　地

土地让我一生劳累
土地在我脊背快伸不直时
长出高高的高粱
我在即将诅咒时唱起了颂歌
土地是我厮守了一辈子的婆娘
说不出爱但无法割舍
土地用一棵树牵挂我活着就要扎根
土地用一根草抚慰我再卑微
也要抬头看天笑对风云
爱恨交加的土地让我受苦受难的土地
当岁月遗弃我时
土地最终将我收留让我的骨头
点亮磷火，这就是一个乡下人
一生的光芒

2003 年 2 月

无所适从

菜市场在马路对面
我每天必须横穿马路
才能吃上貌似新鲜的蔬菜
马路上车流奔涌
我必须避让着车
必须在人修的路上避让人造的车
尽管如此，车还是对我大喊小叫
好像我是一只过街的乡下老鼠
我是一个多么平心静气的人
但仍然在一些最平常的事情上
无所适从

2003 年 10 月

第三辑　我在喧嚣中写下的诗

书法课

“岭外音书断”
“经冬复历春”
这两句我写得很快
我让音书断的时间
尽可能短一些
冬天快些过去
春天早点到来
写到“近乡情更怯”
乡字用繁体字
这与这幅送给老乡的字
的布局和结构有关
更重要的是繁体字
多一些笔画
我可以写得慢一些
我要慢点近乡
慢点情怯
我要留出足够的时间
鼓起勇气
问我在村头碰见的
每一个来人

2020 年 3 月 12 日

书房装修

我的书房已年久失修
墙壁的斑驳，近似我在书中
读到的沧桑。变形的书柜
让摆放整齐的书凸起或凹陷
像我脊背微微弯曲时
我诗歌叙事方式的改变
调光台灯随夜的深浅
变换我心情的明暗
我的书房已年久失修
朗读一本新书，我会在书房
来回走动，我的身影用不同图案
在墙壁的斑驳处贴着墙纸
出版一本诗集，放在离
《博尔赫斯全集》五米远的书柜里
从这时开始，一种书房按自己
设计诗集封面的构思
翻修一新的感觉
会持续到下一本诗集完成
印刷前最后一次校对

2018 年 8 月 16 日

虎

我最早见到的虎
是爬墙虎，在外婆家的
院墙上。那年我五岁
母亲说，有爬墙虎
我爬到院墙上玩耍时
不会滑下来。见到壁虎时
我知道它的小名叫四脚蛇
父亲说，壁虎在屋檐下折返跑
就是天要下雨，稻田里裂开的
伤口即将愈合。多少人害怕
秋老虎，它只让我长了一身痱子
也让我在村后水塘偷学会了狗刨
我从来没有在虎牙上看到剑齿
脸上开始长痘时，那个长虎牙的
女明星，让我上地理课
常常分不清济南和海南
高中毕业那年，我打完人生
最后一架，村长的儿子
跪地求饶，他胖，腿短
走在田埂上比他爷爷还慢
他的学名叫飞虎，他从此

不敢欺负我堂妹
高考过后，把模拟试卷撕了
那些难题，都是纸老虎
从教学楼楼顶
雪花一样飞向篮球场
读大学时，痴迷“布老虎”
那是一套丛书的名字
不装在书包里，我就会在
校园里迷路。不放在枕边
我就无法入睡
虎头虎脑三十而立
虎背熊腰四十不惑
知天命之年，我给我养的小狗
取名虎子。它每天陪我走一万步
它渐渐成精，在路边的绿化带里
跟我捉记忆的迷藏
薄暮的冷雨中，我想起母亲
已有二十年没做我爱吃的
虎皮尖椒了。我心柔软
纵有一百只老虎居住
每只老虎也只细嗅蔷薇

2018 年 12 月 19 日

慢

我是从秋天的午后
开始向往这两种慢的
第一种慢，是乌龟的慢
它的慢，源于它一出生
就穿着鲨鱼的利剑
也无法刺穿的铠甲
这刻着命运纹路的铠甲
让深渊成为延年益寿的天堂
第二种慢，是蜗牛的慢
它的慢，源于它每走一步
都必须背着房子
但这种慢，让它走到
哪里，都在家里

2020 年 3 月 3 日

当羊成为羊毫

当羊成为羊毫
我才知道
曾经无比温顺的事物
也有难以驾驭的时刻
当狼成为狼毫
我临摹黄庭坚三天
就能横竖撇捺将它控制
有多少人像我一样
在知天命后开始练习书法时
才对羊和狼有了新的认识

2019 年 1 月 3 日

杏

“深巷明朝卖杏花”
“花褪残红青杏小”
年过半百，我还能背诵出
这些杏的诗句。我感到庆幸
为渐渐黯淡的午后被这些诗句照亮
写出这些诗句的诗人，我忘记了
他们的名字，但我相信他们会原谅我
所有的诗人都会原谅记住他诗句的人
二十四桥已是荒烟衰草，牧之还在等我
“借问酒家何处有”，一千多年了
他都会让他的“牧童遥指杏花村”
月已偏西，箫声渐远，醉眼朦胧
我要不要告诉牧之，这些杏的诗句
已不止一次让我想到我将来的不幸
也许没等到我的头发像杏花一样白
就没有人能记住我的诗句和名字
即使是昨夜还在枝头深爱着我的小杏

2018 年 12 月 24 日

月光里奔跑的马

马踏着自己的影子
在月光里奔跑
影子是马的黑夜
月光是黎明来临时
覆盖马蹄印的清霜
夜晚失眠的人
听见马蹄的声音
是他痛惜的时间
脱缰而去
夜晚酣睡的人
马蹄是他梦中的鼓声
那个快马加鞭报喜的人
即将来临

2018 年 10 月 30 日

蒙尘的镜子

蒙尘的镜子里
藏着我自恋的时光
我不忍擦拭
我担心因为镜子的明亮
我白发上堆积的霜雪
在一个瞬间
就会将镜子变成冰
我要多小心
才不会让镜子
在我的皱纹里
布满裂痕

2018年10月20日

流　水

我想起流水时，流水已去了戈壁和沙漠
为一棵焦虑的胡杨，流水让自己从人间蒸发
我不止一次在云的灰色背影里看见
流水欲言又止的嘴唇，和欲哭无泪的眼睛
我不去碰草尖上的露珠，我担心
它步流水的后尘，在盲目的泥土里
失去青春最后的湿润。我想起流水时
流水已在冰中睡眠。鱼醒着，穿着黑暗的铠甲
孤独的刀叉刺不中它隐秘的内心
我渴望我就是那条鱼，等流水醒来
给我带来沉船的消息，给岸边的柳树
在时间的流逝中，挽留昨日的倒影
流水的梦里，是否有大海嘶哑的涛声
我在三月的海边，看浪花围绕着礁石
点燃白色的火焰，打开心痛的折扇

2008 年

在戈壁

在戈壁，我看见这么多石头
它们都是孤零零的
我想留下来，为它们建立联系
为它们找到失散的亲人
或者修一条路，让它们在路上手牵手
向天路尽头的太阳走去
盖一座房子，给骆驼住
这是我突发的意想，月黑的夜
有利于它们相拥着听驼铃入梦
风的哨音一阵阵响起
它们能否被集合起来，成为世界上
一个最有实力的群体。接下来
最好能由我来告诉这些
已经找到爱情的孤儿，春天正在路上
戈壁也是人间。到那时
情况就不一样了。你再来这里
我老了，戈壁也不叫戈壁了
但你应该还会叫出我的名字

2007 年

岁末之诗

一年过去了
我依然贫穷
但这一年让我有了足够的耐心
只要我们能在一起
在我们变老之前
我们就会像燕子筑巢一样
住进四季如春的屋子
在这一年里
我找到了讨好时间的方法
我可以让它慢下来
让我们为一点芝麻小事
说一大箩筐话
让太阳听着不想下山
这一年，我用了一整个秋天
去遗忘夏天的烦闷和狂躁
去清除欲望洪水留下的泥沙
去宽恕狂乱中踩伤我的人
冬天来了，我们坐在炉边
能想起的都是幸福的时光
这一年啊，我收集了
你后半生所有的泪水

这些泪水将在我的心里

酿成一瓶红墨水

我会用这瓶墨水

润色我写给你的每一首诗

让每一个字都面带微笑

让每一个词都闪闪发光

2007年12月

对一支蜡烛的愧疚

在清理书桌抽屉时，我看见
一支蜡烛。在灰尘的遮盖下
仍然闪着白色的光
无论我怎样回忆，我都无法知道
这蜡烛是从什么时候就在抽屉里
陪我读书，写作，关心我的冷暖
想那些已从我生活中消失的人
已经有很多年没停过电了
谁会在灯光下想起蜡烛
谁会在相伴时感到孤独
它渴望黑暗降临，渴望我
在寂寞时清理往事的抽屉
岁月的棋盘已进入残局
在时间的河边，对峙就是胜利
我仍能听见远处的召唤
但渐渐地，我已无力响应
在擦拭蜡烛身上的灰尘时
我隐约感觉到它冰凉的表情下
一颗温暖的心仍在跳动
当打火机向它耳语
它只轻轻一个颤动就喜极而泣

我在它透明的泪里
感到从未有过的愧疚

2008年2月

理解一个比喻要多少年

理解一个比喻要多少年
要经历多少风雨、多少事
要遇见南来北往的什么人
雪，像盐一样白
这是我小学二年级写下的
雪的比喻句。三十多年过去了
除了白，我没有在雪和盐之间
找到更紧密的联系
直到今年冬天，你离我而去
我陪你走过的沿河大道
被风的刀刃砍成伤口
这雪，才真的像盐一样白
让我在夜晚看见一座城市的
疼，痛。

2007 年

事物的梯子

词语沿着事物的梯子
到达意象的峰顶
修辞沿着事物的梯子
探寻意义的洞穴
一首诗，升腾或沉降
都有一架事物的梯子
像雨停了，云散去
天空睁开蓝眼睛

2018 年 9 月 30 日

一棵青草的形而上

雨洗过的青草
青翠嫩绿
一只老羊低着头
羊嘴离草尖的距离
近得像我在琢磨一个
新名词时我手中的笔
与绿格子稿纸的距离
我在等羊吃完草抬起头
但羊没有吃草
也没有抬头
草上挂着的雨珠
晶莹透亮
羊在低头思考
一棵青草的形而上

2020年1月27日

沙　漠

终于等到你来了
这渴死的大地，这无边无际
眼泪流干的巨大驼队
从此有了蜂蜜一样的颜色
我是第一个在沙漠想到甜蜜的人
我相信，你的每个脚印下
都能找到水。你把你的胡桃木梳子
埋在低洼的地方，只需一缕春风
就能长出一片树林
星星在夜空开满鲜花
你拿出小圆镜，就是对着月亮梳妆
夜深了，星星怕你孤单
会摇响小铃铛。你唱的北方小调
我也会唱。用夜光杯喝酒
醉了也能找到回家的路
风刚好能吹动你月色的长裙
每一粒沙都顺从你的意想
欲动未动，欲说还休
我不再给钟表上发条了
你一定能收回你来世的承诺

2007年10月30日

青海湖

一湖静水。你的到来
让湖水掀起波澜。让睡梦中
蓝色的呼吸，在抵达湖岸时响起涛声
我默想起大海，想起从贝壳里
听到的传说。千万年前
大地在天空的诱惑里腹部隆起
天翻地覆，大海将自己最疼爱的孩子
生在高原。你让我相信这孩子
还没长大，还是我想象的样子

一湖净水。朝圣的人
把黄金沉入湖底
他们是尘世间最富有的人
他们把羊皮袄穿在身上，最好的布
都成了经幡。这是他们灵魂的衣衫
我，一个在低处生活的人
在这里听见经幡在风中的密语
你的沉默，像盐溶进湖水
你的眼底，闪耀着霞光

青海湖的蓝，只和青海湖上天空的蓝

是孪生姐妹。青海湖的辽阔
只和青海湖边草原的辽阔
称兄道弟。我在这蓝里
像流出的泪水一样无法返回
我在这辽阔中，像一棵青草
被我爱着的羊吃进温暖的胃里
油菜花的宫殿，蜜蜂过着帝王的生活
我等着你从花香中醒来，对我微笑

鸟把家小安置在大地
但它们从未停止过云中的约会
远方的青草舞姿优美
却没有羊愿意离群索居
过客在湖边手舞足蹈，欢天喜地
厮守一生的牦牛，安静地吃完草后
正面朝青海湖打着哈欠
“八千里路云和月”。青海湖边的你
才是我余生要走的路程

青海湖流着大海的血液
青稞里藏着麦子的秘密
草原是平原千里的姻缘
雪山给高原披上哈达
哈达是神的祝福
在尘世中把我们簇拥

一部经卷，要经历多少才会读懂
一座迷宫，谁会在黑暗中找到出口
是谁，爱上闪电后藏身乌云

晚上九点，星星到达天空
它走了多远的路，才会离我如此亲近
它要承担多少爱，才会这么明亮
高处不胜寒。在三千米的地方
我仍在仰望。走在湖边
我在想，有没有鱼因为寂寞渴望网
有没有鹰因为孤独收起翅膀
青海湖的梦里，我的脚步声
敲着黎明虚掩的门窗

晨曦中，青海湖是太阳
铺在高原餐桌上金色的台布
雪山戴着皇冠，万物吃着圣餐
花草点亮露珠的灯笼迎接牛羊
你说你要留下来，隐姓埋名
你说你将在这里栖居，不是隐居
你说，如果爱我，叫我卓玛
卓玛，卓玛，千万个卓玛
陪着卓玛，没有人浪迹天涯

在湖边独坐的下午

我和一只羊三次对视
我从它眼里看见不安、忧虑和惊恐
我感到羞愧。为片刻的宁静
天空被飞机划成一条条轰鸣的跑道
梦想远离尘嚣的人，来到远方
制造尘嚣。我恳求羊的宽恕
我渴望大地在怜悯中将我收留
羊走远还会回来，我为你写下颂诗

夕光渐暗，云的余烬在天边飞扬
你的背影是我的第一缕暮色
青海湖的蓝，在清凉中
一寸一寸渗进我体内。我知道
只要我许可，青海湖的水
会成为我的血液流过一生
只要你愿意，我一无所有
青海湖也会给我盐、酒和面包
给我白鸥、哈达和经幡

2007 年 10 月

木　耳

当一棵树的年轮
开始逆时针转动时
树长出耳朵
听自己的回忆录

2020 年 2 月 2 日

果　盘

果盘在茶几上
喝茶的人不知去向
是谁摆置的果盘也无人知道
果盘里有香蕉、苹果、梨和橙子
它们很亲密地挨着
但只能在各自的甜蜜回忆里
等候那个拿刀的人
在天黑前回来

2006 年 10 月

必然的叶子

这棵樟树有八百多岁了
无数的人曾从它的身下走过
无数阵风可以让其中的叶子
落在别人身上
我第一次来这里
一片叶子就在梦幻大地的途中
飘落于我
我是偶然站在这棵樟树下的
但我坚信伏到我身上的这片叶子
是一片必然的叶子
她在爱上别人之前先遇见了我

2008年10月

我们常常被往事灌醉

有一种酒名叫往事，
愈陈愈香，
愈不忍开启封口。

往往由于毫不在意，
往事的气息，
从某个思绪的缝隙，
渗透我们的嗅觉，
黄昏或夜晚，
便兀自激动或感伤起来。

喝这种酒
找不到两只相同的杯子，
有人一口清，
有人慢慢润，
各人有各人的喝法。

下酒的菜很多，
春天的 一棵草，
夏天的一把伞，
秋天的一片叶，

冬天的一把柴，

最后一道菜常常是初恋。
当时忘了放盐，
现在吃起来，
味道竟然好极了，
为这道菜，
我们要多喝几杯。

我们就这么醉了，
我们不是酒鬼，
想到明天有更多的事情要做，
我们便努力呕吐，
然后将房子的里里外外
打扫干净，
我们的人生就这样
深刻起来。

1987 年 10 月

下午茶

纯净水，水温八十度
玻璃杯，比阳光还透明
不要满杯，时刻记住茶满欺人的
古训。无须刻度
喝第一口时，杯子在手中
倾斜四十五度
用茶勺将茶叶送至杯底
最好是绿茶，西湖龙井
碧螺春，黄山毛峰，庐山云雾
敬亭绿雪，恩施玉露，婺源茗眉
因人而异。冲泡时
水壶的高度离杯底
保持二十厘米落差
让杯底假眯的茶叶
在落差的旋涡里舒缓地
打开绿色的舞裙
然后随水的平静慢慢
回到杯底。在自己弥漫的
清香中，每一片茶叶
沉醉在曾经的青葱岁月
午后的阳光，从炽热耀眼

渐渐温和散漫，茶由浓变淡
没有一丝哀怨和悔恨
漫不经心中，我一口茶喝下去的
深浅，已跟我的口舌干渴
失去了必然的联系

2019 年 12 月 8 日

蔷　薇

春天来了，花园里我认识的花都开了
这是桃花，它依旧满脸泪痕
为它天生的红颜薄命
为风中纷纷传扬的绯闻
紧挨着桃花的是杜鹃
它和一只鸟同名，这让我认识它几十年了
仍然猜不透它夜半的心思
杜鹃的背后是杏花
从唐诗开始，它就在用雨水默默洗刷
自己在江南的清白，它的眼前站着栀子花
在乡下，它常戴在我妹妹的辫子上
我只听见妹妹在栀子花的芳香里
唱过奶奶教会她唱的一支老歌
还有玻璃翠，彩叶草，风铃草
垂丝海棠，三角梅，九里香，百日红
我刚认识它们，除了好看
我还没有为它们找到更多的词
杨柳轻抚的水边，那低着头的是什么花
它的样子好像怕我认出来
可我还没来得及问我身边看花的人
我就听见它报出自己的芳名

我叫蔷薇，我的名字是花中笔画最细致的
用毛笔正楷写我名字的人
要怜香惜玉，要有白头到老的耐心

2011 年 10 月

河边的故事

河水淹没在它的流动中
我淹没在你河水一样的话语中

无数人来过这条河边
垂柳，水草，落花，纸船，鱼虾和卵石
在隐喻中，他们带走了他们需要的事物

他们留下了河水
留下河水淹没它的流动
我来到河边，只听见你的话语闪着星光

河水不知道它的去向
我渐渐忘了我的来路

2011年10月7日

空　位

餐厅不大，大约能够二十人
早餐。我到餐厅时
只有一张两人台空着
取餐前，我用五秒
扫瞄餐厅，没有说汉语的人
昨夜大堂几个用汉语
大声喧哗的人，应该还在
异国他乡的梦中
我取了意粉，洋葱圈，银鳕鱼
咖喱鸡块，草莓酸奶放到餐桌上
用缓慢的手势比画服务员
是否有小米粥和茶
此时，有两个金发蓝眼睛进来
他们好像看见我手语的吃力和费劲
宁愿等待，也不坐到我对面的
空位上。他们肯定是想
坐到一个说英语的餐桌
即使拥挤，也比相对无语自在
直到我吃完早餐
我对面的座位一直空着
这是语言留出的空位

2019 年 10 月 3 日

钻词语牛角尖的人

我在写一首老虎的诗里
将老虎身上的条纹写成斑点
钻词语牛角尖的人
从斑点入手
条分缕析后
说我写了一首豹子的好诗

2019 年 3 月 25 日

当蜜蜂爱上罂粟花

当蜜蜂爱上罂粟花
大海的蔚蓝爱上海水的苦涩
蚯蚓爱上泥土深处的黑暗
露珠爱上让它在晨风中坠落的草尖
雪花爱上让它泪流满面的阳光
蚂蚁爱上从天而降的雨水
乌云爱上瞬间消失的闪电
我知道，一生是多么短暂
有多少爱，是我来不及去爱的

2019 年 1 月 12 日

高　原

高原是高山与平原的和解
我来自高山，你来自平原
此刻，我们站在高原上
将羊群当作为我们留下来的
弥漫着青草气息的白云
风中的经幡修改了
我们与世界签订的契约

2012 年 4 月

把　握

我说把握自己时
我对从梦中的泥沼里挣扎上岸的
那个自己是谁没有把握
把握当下已是我的口头禅
但一阵狂风后，刺槐树上
还有几片黄叶我没有把握
这次一定要把握机会
我紧握拳头，咬牙切齿
这个机会会不会成为许多年后
不忍提及的忌讳我没有把握
我把握红缨枪时能听到我的指节在响
能不能走过山冈上那片坟地
不出一身冷汗我没有把握
沸腾的星空已渐渐平静
我告诉你那个我把握你最紧的夜晚
是我对你最没把握的夜晚
把握是动词，把握也是名词
无数个夜晚过去了
我在灯下所有的努力
就是能把夜晚的动词把握
转换成黎明的名词把握

2019 年 3 月 18 日

瞬间之诗

月挂西窗
多美的小槐树影啊
我走到窗下
轻轻摇了摇这棵
我在春天栽种的小槐树
月光如霜
这小小的小槐树影
睡着了
会受凉

2018 年 10 月 5 日

美好的早晨

一阵风
刚刚够叫醒小草
刚刚够小草伸伸腰
而不会摇落
草尖上的露珠
我担心露珠
在一天的开始
就破碎是多余的
一只小瓢虫
沿着草的茎秆
向草尖慢慢走去
草尖上的露珠
是它一天的甘泉

2018 年 10 月 23 日

火　焰

是谁惊醒火焰的旧梦
让它在盼望冬天的时候
拒绝了一场已经来临的大雪

是谁划伤火焰的丝绸
让它在即将熄灭的瞬间
想起被雨淋湿的木头

2008年10月

熬

你在熬汤
我在熬夜

失眠的文火
将黑夜的海带
在骨头的沸腾里
熬成黎明的汤汁

词语的盐
在诗银色勺子里
有多精确
才是我们共同的口味

2018 年 7 月

油炸花生米

是炸花生米的油渗进去
还是花生米里的油渗出来
才有了又香又脆的花生米
油炸花生米是我
最喜欢的下酒菜
我不记得是哪次喝酒
喝出了这样的疑问
直到我写了一首好诗
才有了自己满意的解答
一颗让人回味的油炸花生米
炸花生米的油要渗进去
花生米里的油也要渗出来
就像一首好诗
经验要渗进去
情感要渗出来

2020年1月8日

若尔盖之夜

在我的高原反应里
时间从关不紧的水龙头上
一滴一滴往下滴
比空气中的氧气还吝啬

这夜会有多长
我对黎明的来临
像一只岩羊对雪山的融化
一样失去耐心
我拉开厚重的窗帘
那么多星星挤在窗前
一颗比一颗眼睛大
一颗比一颗充满期盼
它们等待我的赞美
等待我将它们百年一遇的目光
写进我诗中明亮的章节

我隐隐约约感觉到
遥远的睡意
在驱赶我太阳穴里的疼痛

2019 年 3 月 7 日

遇见你之前

布谷还没改名叫杜鹃
冬虫不相信有一个春天就能变成夏草

礁石渴望从身体内部开出浪花
天涯尽头，一只鹰想在云里安家

月亮正在为磨好镰刀后收割什么发愁
彩虹的天梯上没有人愿意从梦中醒来

蜡烛没想过流泪就能发出温暖的光
药罐不知道良药有黄连就会有甘草

落叶在风中偿还一棵树对大地的欠债
雷声在为一朵不愿下雨的云鼓倒掌

河流穿着旋涡的鞋起舞
大海因一艘沉船让岸烙满波涛的伤痕

2018年6月

在你赞美玫瑰时

在你赞美玫瑰时
我要将它身上的刺拔掉
欢呼声中，刺的孤单
异常尖锐，我不忍看见
你在等待花蕾打开时
我在给刺浇水
你在为一只蝴蝶的舞蹈
将你对春天的偏见归咎于玫瑰时
我在修剪枝叶，让暗处的刺
能看见阳光
在你赞美玫瑰时
我会原谅它的刺
曾划破我的指尖

2018 年 8 月

酒　话

话是下酒的菜
我不沉默
你不会滔滔不绝
你喝醉
是因为你清醒
我没醉
是因为我糊涂
经历那么多苦痛
你不笑
我不会哭
人世寒凉
不经煎熬
水的肉体
怎能有火的灵魂
上天的恩赐
让我们都乐杯中物
山高水长
不然，我和你
会为世上名
你死我活

2020 年 3 月 7 日

我在喧嚣中写下的诗

我在喧嚣中写下的诗
都押着孤独的韵

我在静夜默读的书
都有惊雷在翻动书页时炸响

我在午后独酌的酒
都有很多人在和我对饮

2018 年 6 月

压　榨

我在小学二年级的煤油灯下
一遍一遍抄写这个词

直到我每天早餐能喝上
鲜橙汁

我才觉得这个词
没那么苦涩

2018 年 5 月

残　局

远去了
当年的车辚辚
当年的马萧萧
远去了
当年大象渴望渡过的河边
隆隆的炮声
当年士卒试着翻过的院墙里
悠闲的散步
远去了
当年我弃车保帅的勇气
当年你连将我三军的威风
对弈一生
如今我是一枚闲棋
你已成一颗冷子
我们的棋局已注定是残局
但我们仍在一个棋盘上
仍在一张棋桌边
这已足够幸运
你原谅我一生棋艺无长进
我钟爱你一生输赢不悔棋

2018 年 2 月

只有墨水能止住我的饥渴

一

只有墨水能止住我的饥渴
我的每个毛孔都是一张时间之嘴
在文字中呼吸。万花筒里
我颠来倒去，像一只苍蝇
在工业遗留下的垃圾中
寻找生活的细节和精神的碎片
来去匆匆的人们，复制的目光
茫然而空洞，看不见叶子的背面
只有你，始终相信我是一只蜜蜂
勤劳，执着，孤独而高傲
在黑暗的花朵里酿造诗歌的蜜汁
尘世喧嚣，大地贫瘠，只有你
能从我翅膀每一次的轻轻颤动
听见我内心沉沉的歌声

二

你说，一滴泪，能让大海涨潮
能让海岸线，成为水中一条秘密的路

通向孤独之途。这是因为我站在海边吗？
我渴望像鱼一样，在水中说话
在盐的刺痛下接近事物的本质
你说你能在一滴水里听见鱼脉搏的跳动
我在去远方的路上，被风吹着
灯芯草的折断，让我停下脚步
你说你的一根头发，能让每一缕风
有了秩序和方向。我诗中那一行行
错过春天的痛惜，只因为你的微笑
杜鹃花擦干一场大雨的泪水
即使大雪纷飞也不会凋谢
即使末日来临也不会厌倦自己的芬芳

三

遥望苍鹰，谁不去远方
站在高处，谁不梦想天堂
雪山给大地加冕，云朵因为天空缠绵
阳光为我们重新安排了一切
我们在一粒天边的沙里
构筑自己的城堡，童话中能住下的
城堡里都能住下。某一天
在可不可预知中降临，年轮的文身
会让我们陷入需要一生的耐心
才能清理完毕的杂物间

那一页页被青春揉皱的记忆的银箔
放进哪个遗忘的抽屉能被岁月抹平
我们不在飞翔，平静的暮色中
我们慢慢收起尘世的翅膀

四

月光下的大海，在巨大而苍茫的徘徊中
让礁石听到了波涛细微的寂寞
如果不去海边走走，和大海一起
思考虚无的彼岸，那么，在黎明降临前
有没有一条林间小路带我们
去一趟弗罗斯特的诗中
我喜欢的小路都通向乡野和田园
而你说到过的小路都陪着
海德格尔走进哲学和语言的迷宫
没有人能在沙滩上走出一条路
大海会收走每一个来看望它的脚印
迷航的人就是沿着这些脚印
找到归路。模仿一只小小的贝壳吧
置身荒漠，胸中也回荡着大海的涛声

五

多美啊，众人的赞叹发自内心

但山谷的回声掩盖不了他们
与生俱来的肤浅。那肤浅中的快乐
是你最不愿看到的，你只有沉默
你不忍心说出美丽这个词
这些蝴蝶，这些风中飞翔的花朵
这些彩虹中舞蹈的精灵
十天后就会安静地死去
就会像一片落叶被另一片落叶覆盖
就会像一阵风被另一阵风吹走
秋虫在进入冬天的睡梦之前
用游丝一样的气息吟唱着岁月的挽歌
你能听见，你能在悲悯中
为一切生灵祝福，但蝴蝶不会听见

六

在马路边等你，我希望能看见一辆马车
威风凛凛的位子上坐着弱不禁风的你
你穿一身粉红的古装，看不见的脚上
是一双绣花鞋。赶车的是一个老头
鹤发童颜，慈眉善目，他不认识你
但一口一个闺女，让你在异乡有了亲人
看见我，你用下弦月夜擦过眼泪的黄手绢儿
招呼我上车，然后你让赶车人逆行
经过老街、小巷和郊区，经过一棵五百年的柏树

到一个古代的乡村。我们在那里栖居
男耕女织，教儿女识字，读四书五经
按你的韵脚，我在宣纸上为你填词作赋
利用午睡的时间，我虚构了上面的情节
我的下午因为这样的虚构显得真实

七

在赶赴盛宴的途中有一片沼泽地
蛇在跳着毒舞，鳄鱼在磨着剑齿
我说不去了吧，山珍海味没有粗茶淡饭长久
曲终人散后，往往是杯盘狼藉
只有安静，才是喧闹中最大的力量
你说，这是命运的邀请
拒绝，意味着永远放弃精神的远方
途中的挣扎，就是不可复制的经验
走过这片沼泽，会有鲜花在雪中开放
会有白鸽从午夜的星光中飞来
我们走吧，用冷静让蛇在夏天冬眠
用伪装让鳄鱼在饥饿时沉睡
我们看见了餐桌，一个孤独的盘子里
剧毒的河豚散发着迷人的清香

八

灯静静地亮着，我猜想你在屋里
读一本线装书，或写一首不分行的诗
温一壶黄酒忆旧，或品一杯绿茶预言
不可避免的时刻。世界的夜晚
一个角落的思考让白昼提前来临
你在刀锋上的行走闪着灵光
煤炭一样盲目的人点燃黎明的眼睛
我从荒漠赶来，手的惊慌
让深夜的敲门声迟迟没有响起
我能从你紧锁的门前走过
我能在你的灯光里留下身影
就是石头开花，哑巴说话
我那些挽歌中破碎的山河
从此莺飞草长，枝繁叶茂

2009年10月

清晨的功课

我的书房
正对着太阳
每天清晨
我会根据我醒来时
太阳升起的高度
决定我拉开书房
窗帘的幅度
我要让我的书房
既明亮又不刺眼
我要让一本书的折痕
既清晰又不伤及文字
多少年来
这是我清晨
必做的功课
我用拉窗帘的
幅度和频率
调试我生活的明暗度
和悲喜的节奏

2020 年 5 月 16 日

遗忘让我相信椅子会自己走路

我怎么也想不起
我是什么时候
将这把椅子搬到楼下
废旧物品回收处的
这把椅子四条腿硬朗
只是两只扶手多处骨折
女儿提醒我两次
换把新椅子我记得
我搬椅子到楼下之前的
犹豫我记得
就是不记得我是什么时候
把椅子搬到楼下的
在被回收车收走时
我最后一次看见这把椅子
还在问这把椅子
是什么时候跑到楼下来的
遗忘让我相信
椅子会自己走路

2020 年 5 月 8 日

诗　规

在成为诗人的单行线上
诗的警察手持句子的证件在执法
哪个反义词因为矛盾修辞允许逆行
哪个近义词因为陌生化在酒驾
哪个形容词随意打开抒情的远光灯
哪个副词在意义的副驾驶位置上
没系上逻辑的安全带
哪个感叹词因为情感的超载
而让经验的轮子爆胎
哪个名词因为是新手
在语境的转弯处中左顾右盼
哪个动词因为准确的刹车失灵
经常压到形象的双实线
哪个在记忆的倒视镜正在状物时
随意按响通感的喇叭
哪个陈旧的词因为语气的尾气超标
而污染诗的意境
哪首诗越过模仿的黄灯闯抄袭的红灯
而让一个诗人诗毁人亡

2020 年 5 月 2 日

断　句

天空是雄鹰辽阔的牢笼
大海是鲸鱼浩瀚的枷锁

2020 年 4 月 18 日

惊醒之后

惊醒之后
我会在床上再躺几分钟
我用这几分钟
确认那个在梦中
进入重症监护室的人
已转危为安
那个在梦中负气远行的人
已找到回家的路
那个在梦中被眼镜蛇咬伤
脚后跟的人已及时注射了血清
那个在梦中经常在考卷上
写错自己名字的人
这次一笔一画都正确
那个在梦中抱着沉船的断桨
在海水中挣扎的人已上岸
那个在梦中吼叫着要杀人的人
已偷偷地放下了尖刀
那个在梦中被怒火烧红眼睛的人
已心如止水
那个在梦中泪流满面的人
已迎着朝霞露出微笑

我将在他的微笑里起床

开始一天的忙碌

2020 年 4 月 15 日

聊　天

其实我们聊的
都是地上的事情
但聊着聊着
天黑了
其实我们聊的
都是低处的人们
但聊着聊着
天亮了
天黑了天亮了
天亮了天黑了
我们聊到的人和事
都没有改变
但天在我们聊着聊着中
反反复复变化
因此我们把我们聊到的
所有事情
都叫聊天

2020 年 4 月 3 日

在惊叹的瞬间

静止的井水
是一张幽暗的画布
一只虫子在井水上走动
就是这只虫子以脚尖为笔尖
在画布上画画
刚开始时
我只是看见这只虫子
在画涟漪的工笔
等它像画家停下画笔一样
停止走动
井水的画布上
是一片蓝天和几朵飘动的白云
多美的写意画啊
在惊叹的瞬间
我相信这蓝天白云
是这只虫子画的
我相信在井水上
只有这只虫子
能完成从工笔画到写意画
神秘的转换

2020 年 4 月 8 日

第四辑　葬我的母亲在山坡上

修　坟

母亲，儿子给你盖房子来了
儿子要让你在大地上住不漏雨的房子
住北风吹不掉屋顶的房子
你一生有关节炎
儿子不能让你只剩下骨头还患风湿
你一生在为怎样挨过冬天夜不能寐
儿子不能让你一生最后一觉焐不热被子
你坟前的槐树，在不停摇头
母亲，你是不是认不出儿子
儿子有三年没回家看你
你说，起风了，眼睛有些模糊
即使一百年不见，母亲
都会在陌生的人群中一眼瞅出自己的儿子
母亲，你住上好房子后
会不会像你在城里住的那几天
天一黑就找不到你儿子的家门
你说城里的灯比天上的星星还多
不像乡下，认准一盏灯就能回家
有一间好房子，住在乡下
你就哪儿也不去了
母亲，你一生第二次出远门就到了天堂

你什么时候回来，母亲

儿子给你盖了能住一万年的房子

我看到磷火了

这是不是你提着灯走在回家的路上

母亲

2003 年 6 月

母亲活着

闭上眼睛就看见母亲在风中等我回家
肚子饿了就听见母亲叫我吃油盐饭
母亲活着，活在泥土之中
活着的母亲，用墓碑抚摸我冰凉的脸
用旷野的风吹动坟头的青草
为我擦干浑浊的泪滴
母亲让我的膝盖渗出血迹
告诉我还有很多路要走很长的日子要过
跪得太久往后怎能伸得直腰杆
敲打墓地不是敲打盼归的门环
儿呀，你不要太用力
用血汗养大六个儿女的母亲啊
一生不吃鱼肉的母亲
每到清明节就会愁容满面
买什么样的锅碗瓢盆
穿什么样的衣服鞋袜
能花完这一堆一堆的纸钱

2002 年 4 月

遗　产

我四岁时
母亲教我数星星
母亲不识字
母亲一次数对的星星
永远没有超过一百颗
母亲说世上没有谁
能数完天上的星星
没有谁不数错星星
没有星星会责怪数错它的人
数过星星的孩子不怕黑夜
星星在高处照看着黑夜的孩子
母亲死后
留给我的除了悲痛
就是我一直在数的星星
这么些年
即使高楼将我挤进峡谷
即使生活以万钧之力压在我肩上
即使我匍匐在地
我也会抬起头来
数数母亲数过的星星

2003年9月

葬我的母亲在山坡上

葬我的母亲在山坡上
不要太高，太高了
云雾缭绕，一年中有许多日子
母亲晒不着太阳
也不要太低，太低了
逢年过节，母亲踮起脚尖
看不见我回家乡

葬我的母亲在泥土里
不要太深，太深了
坟墓就是一座山，我不能让母亲
只剩骨头，还背着一座山
也不要太浅，太浅了
母亲会把风雨听成我在哭泣
母亲刚睡着，让她梦见杜鹃花香

葬我的母亲在心坎上
不要太重，太重了
母亲会埋怨日子漫长
要留一双轻便的腿脚赶路
也不要太轻，太轻了

我漂泊的灵魂找不到扎根的土壤
我暗夜的眼睛看不见家园的星光

2009 年 4 月

在雨中送母亲上山

一

我在你的病床前答应过你
母亲，送你上山的那天，我不哭
家门口的倒水河哭，我也不哭
磨坊里百年的老石磨哭，我也不哭
灶台上的盐罐哭，我也不哭

不怕地动山摇，不怕洪水滔天
你一辈子最害怕的，就是我哭
在摇篮没奶水，你怕我饿得哭
刮白毛风穿破裆裤，你怕我冻得哭
和张家恶少打架，你怕我疼得哭
不让我在有水鬼的池塘玩水，你怕我气得哭
黄昏路过一片坟地，你怕我惊吓得哭
最简单的试题写错答案，你怕我伤心得哭
一个人的中秋节，你怕我想吃高粱汤圆想得哭

是父亲哭，我才开始哭的
是婶娘媳妇们哭，我才开始哭的
是兄弟姐妹哭，我才开始哭的

是我的女儿哭，我才开始哭的
是天下雨了，母亲，我才开始哭的
母亲，乌云在槐树梢为你缠上黑纱
母亲，树叶在大地上为你铺开挽联
母亲，鸦鹊在屋顶上为你唱起哀歌
母亲，我不能不背弃我的承诺
母亲，我哭了

二

母亲，你千疮百孔的胃
即使塞满打火石也不再疼了
母亲，从此以后阴雨连三月
你的关节炎也不会复发了
母亲，今年冬天的水缸冻破了
你的手脚也不会生冻疮了

你高了半辈子的血压在半夜里降下来了
你弯了一辈子的腰现在挺直了
你不再为柴米油盐前思后想
你不再为家长里短左顾右盼

你用瞬间的死化解漫长的疼痛
你用安详的死降伏凶煞的病魔
你用睡着一样的死让自己死一样睡着

从此，我能叫醒墓碑也叫不醒你
从此，我能叫醒大山也叫不醒你

三

母亲，在你的棺木前点着两盏油灯
这两盏油灯要照你三天三夜
这祖传的油灯是让你闭上眼睛
也能看见人世间的光亮
你走夜路从山上下来能找到家门
我在梦中能听到你敲打门环

母亲，油灯下的母亲
是在纳千层鞋底的母亲
是在缝补浆洗的母亲
是在纺线织布的母亲
是在教妹妹绣红梅花的母亲
是在为走远路的父亲准备干粮的母亲
是在为上早学的我炒油盐饭的母亲

油灯延长了母亲的白天
油灯熬干了母亲的生命
油灯下的母亲一脸慈祥
油灯下的母亲满眼期盼

四

母亲，我把你的棺木漆成大红色
棺木上盖着亲朋送给你的毛毯
毛毯上开着大红大红的花
穿了一辈子粗黑棉布衣的母亲
住了一辈子土墙黑瓦房的母亲
一辈子贫血的母亲
从今天起，我让红色时时刻刻陪着你
让你的世界从此涂满
新娘出嫁时盖头纱巾的颜色
过年时家家户户春联的颜色
燕子飞来时山坡上杜鹃开花的颜色
秋风吹过后枣树上蜜枣的颜色

母亲，当这么多红色映红你的脸时
你在哪里对镜梳妆
你在哪里低头微笑

五

从老屋到墓地，只有一里路
但我选了一条六里长的路
我要抬着你绕村一周
我要你再去一次你常去的地方

你的追悼会在老枫树下开
全村男女老少都来送你远行
在这棵树下，母亲
你拄着拐杖最后一次迎接我回家的
那个黄昏，大雪覆盖了你的双脚
碾子冈的菜园，你栽种的韭菜
从此是我割不断的一行行思念
刀背岭的麦地，你在太阳下割麦
已成一尊悯农的雕像矗立在我心中
你割麦的镰刀，我将用来割菖蒲和艾蒿
保护你不被游神野鬼欺负
放牛山下的村小学，不识字的你
用放牛的鞭子追赶我上学
我在前面跑，你在后我身后泪流满面

母亲，你不要嫌路远
我和哥哥，还有你最壮实的侄儿们抬着你走
走到天边你也不用挪动脚步
母亲，你不要怕天黑
唢呐，锣鼓，鞭炮，乡村最响亮的声音
都在为你的一路平安祈祷

母亲，你千万别责怪老天
在你最后一次出门下起大雨
这一路的泥泞，牵扯着我的双脚

让我走慢些，再慢些
让我在这条路上留下最深的脚印
让我多陪伴你一会儿

六

母亲，你上山了
你曾在春天的山上抽茅针
你曾在夏天的山上采艾叶
你曾在秋天的山上打松果
你曾在冬天的山上拾木柴
你熟悉山上的每一道沟坎
你认识山上的每一块石头
而今天，母亲，你就住这儿了
这山，比我在城里住的楼房高
但你不会眩晕
不用忧心从六楼的阳台上掉下来

母亲，你上山了
你上山后，山上就多了一座山
我在这座山前跪下
我在这座山前给你磕头
我一辈子比水还低的母亲
因为这座山站到了高处
我一辈子像草一样卑微的母亲

在这座山上伟大

七

母亲，在送你上山的路上
雨没停过下，我没停止过哭
我就是因为答应过你不哭
才哭得伤心欲绝的
我的泪流了六里路长
我把今生剩下的泪水都哭干

母亲，我是趁你睡着了才哭的
你即使被我哭醒了
你也不知道我在哭
雨一直在下
雨水湿透我全身
雨水遮盖了我所有的泪水

2000 年 9 月

母亲的墓志铭

让她的死轻如鸿毛吧
因为，她五十九岁的一生中的每一天
都沉重于泰山

2014年9月21日

金黄的种子里有黄金

金黄的种子里有黄金
这是不识字的母亲
送我去上学时说出的一句话

母亲一生没见过黄金
母亲一生只为了金黄
金黄的稻谷、麦子和玉米
母亲用金黄养活她六个儿女

母亲的六个儿女
都见到黄金时
母亲已见不到她的六个儿女

母亲手巧，她绣的梅花
是方圆十里最好看的
但我不相信母亲能说出
金黄的种子里有黄金这样的话

可在我读过的万卷书里
至今没有找到
这句母亲一生说得最多的一句话的出处

2014 年 8 月

残忍的部分

从飞蛾扑向煤油灯
发出的嗞嗞声
我听见了飞蛾的疼痛
但我没有驱赶飞蛾
我看见飞蛾向煤油灯
扑击三次，就能将灯芯上
凝结的黑色灯花扑掉
煤油灯因此会增加亮度
为一家人有个温暖的冬天
母亲在灯下纳棉鞋
母亲眼睛不好
需要有明亮的灯
才不会让纳棉鞋的针
扎到母亲冻裂的手指
为了母亲少一点疼痛
我没有去制止飞蛾的疼痛
成了我童年残忍的部分

2019 年 1 月 15 日

蚯蚓的呻吟

母亲告诉我
蚯蚓也会呻吟
母亲在菜园里挖掘时
一条蚯蚓在母亲的锄头下
断为两截
母亲停止挖掘
走在路上担心踩死蚂蚁的母亲
说蚯蚓在呻吟
我看到断为两截的蚯蚓
在母亲翻新的泥土上
像比赛似的
看哪一截蹦跳得更高
那年我七岁
我人生的第一条刁子鱼
是用蚯蚓做诱饵钓到的
鱼钩落水的瞬间
我听见蚯蚓的呻吟
蚯蚓是无声的
我听见的蚯蚓的呻吟
是母亲的心和我的心
在一起疼

2019 年 10 月 20 日

馈　赠

一只饿了三天的小狗
在啃咬一根干瘦的骨头
这是刺骨的冬天
留给我没袜子穿的
脚后跟的记忆
冬天天黑得早
放学后走快点
脚就不冷
就能赶在天漆黑前回到家
我记住了母亲的叮嘱
可我的胃用疼痛
不听母亲的话
我一次次又冷又饿
眼冒金星
这满眼的金星
照亮我放学回家的
十里山路
母亲笑容里的映山红
在金星的错觉中
绽放

2019年10月15日

饥饿之诗

那年我六岁
雷声过后
我看见的星星
是爆米花撒满天空
我一夜不睡
也吃不完

2019年2月16日

迟疑的扫帚

手中的扫帚迟迟不肯落地
在我生活的庭院，扫帚
就是季节的刷子、人生的笔墨
谁能延缓冬天的到来
没有雪会等着世界干净后才降临
我只能用蚂蚁搬家一样细小的动作
挽留储存在落叶里的秋天
为了秋天，即使徒劳我也要努力
我比谁都知道
这最后一片落叶扫走了
秋天就像我的母亲一样
在大地深处才能找到

2004年6月

在邮局填汇款单

写湖北省时，字迹可以潦草
写到红安县三个字，偶尔
还有一两画连笔
写到新建乡龙井冲村
我一笔一画，像小学生
在写生字作业。写到李家塆时
我的手，有点轻轻地颤抖
我担心在李字的头顶多写了一撇
担心家字写得模糊
我曾将李家塆的塆写成
港湾的湾，台湾的湾
结果汇款到父亲手里
比平常晚了二十四天
在收款人的栏目里
我近百次写下卢恩洪
母亲上天后，这个名字
就是我在人世间最珍惜的名字
父亲已经七十岁了
他只愿意待在老家
我希望他还能给我无数次
在汇款单上写他名字的机会

填好汇款单后，我反反复复
校对三遍，比校对自己的诗集还细心
一字不差，一点不错
我才拨打父亲的电话
告诉父亲我给他寄钱了
并叫他想吃想穿什么就买什么
没事就摸几圈五毛钱的小麻将
在牌桌上多说说话
即使输了，也千万不要把钱
放到那个祖传的木匣子里

2007 年 6 月

父亲的火车

父亲七十岁了，一个人
住在乡下。每次打电话
我都对父亲说，年岁大了
一个人孤单，到城里住热闹
父亲说，乡下通火车了
每晚都有火车从村头路过
清明节，我回老家给母亲修坟
陪父亲住了一夜
在细雨中听父亲讲村里的
婚丧嫁娶，生老病死
过十二点了，父亲说
火车快要来了，不到五分钟
我就听见火车的汽笛
翻山越岭，抵达泡桐树掩遮的村庄
父亲说，今夜的汽笛
好像比往常拉得长
父亲说这句话时
语调低沉，语速缓慢
脸上的表情是要挽留住什么
十五瓦的灯光把父亲的背影
印在斑驳的墙上。窗外，雨在淅沥

我眼睛湿润，从那长长的汽笛声
听见火车在旷野的孤独
和火车远去后
村庄与父亲的孤单

2008 年 5 月

生死观

人生七十古来稀
父亲说，活到七十岁
就够本儿了，就够抵消
一辈子吃过的苦，受过的难
再多活一天，就是赚的
就是前世修来的福分
我说，现在日子好过了
城里人的目标是活八十岁够本儿
城里人吃的苦受的难
比乡下人少，按父亲的算法
城里人有太多人生的盈余
父亲说，乡下人不能跟城里人比
城里人出门就坐车
很快就到了八十岁
乡下人沿着田埂走到七十岁
很漫长。父亲没有活到城里人
够本儿的岁数
父亲在七十七岁的七月走了
一脸安详

2018 年 7 月

听父亲在电话里说雪

家乡落雪了，落得很邪
整整十天没止住。一片比一片
落得大，一天比一天落得密
落第一天时，老老小小都欢喜
好多年没落雪了，瑞雪兆丰年
老人还是说这句老话，嘴笑得合不拢
小孩听说落雪，不赖床了
从村东蹦到村西，问大人哪天过年
这股劲头到了第三天，就不对劲了
再不止住，猪一年的膘会掉
牛春耕就出不了力，羊就只能吃哈欠
老人开始有脾气了，小孩没大人陪着
不敢出门。第四天，村村通才三个月的
村公路不通了。这时有人想起
火车会不会不通，在外打工的后生
赶不赶得上年饭。最着急的是三婶
扳着指头算儿子办喜事的日子
没有人想过飞机，一千多块钱谁舍得花
雪落到第五天，停电了
家家户户翻箱倒柜找空墨水瓶
做完油灯，用菜油点亮

第六天，自来水管放不出水
这日子还过不过，老天不让人活了
老奶奶从早到晚把这句话挂在嘴上
走夜路穿过坟地都不怕的五叔
望着天，脸上全是死色
这时上面来人了，先是镇上的
后是县里的，接着是穿制服的
他们送衣送粮，送蜡烛煤油，铲雪敲冰
一个一个电线杆检查线路
还有人拿着小喇叭讲话
是普通话，小学的张老师当翻译
村里人差不多都晓得全国好多地方
都在落雪，都成了灾，五十年一遇
从北京到地方，大小官都亲自
到了雪灾最前线。只三天工夫
村里的水电通了，路上可以走车
过好年问题不大。赶上好时候了
这么大的天灾，村里没有冻死人
人心也没有散。按俗话说
这是在落黑雪，但全村老幼
都感受到了温暖，都相信太阳肯定出来
父亲说到这里开始说他的身体
他说他身体很好，过了这场雪
活到八十应该有盼头
父亲七十岁了，第一次在电话里说到雪

也是第一次在电话里说这么多话
最后，父亲还是像往常一样说
在外头忙，好好工作，不要念着家里
现在日子好过，出什么事都有人管
听到这里，我总是在欣慰中
感到深深的愧疚

2008 年 3 月

父亲的孤独

一夜风吹，院子里
落满泡桐树叶
我不知道父亲是什么时候起床的
我看见父亲时，他已经将院子里
所有的泡桐树叶
围拢到泡桐树的根脚处
初冬的故乡，风在池塘的水面
磨着刺骨的刀，用不了半天
这些树叶会再次撒满院子
第二天清晨，我看见父亲
在院子里将前一天的事情重复了一次
从父亲挥动扫帚的力量
我知道父亲希望那些树叶
围着泡桐树再紧一点
最好是风不再将那些树叶吹散

2013 年 10 月

父亲的忌日

2016 年 7 月 13 日
是父亲的忌日
这是阳历
按阴历，父亲的忌日
是六月初十
一年后的六月初十
是阳历 8 月 1 日
我就在这天
给忌日周年的父亲
磕头，敬酒，上香，烧纸
从 7 月 13 日到 8 月 1 日
相差十八天
我用这种计算方法
让父亲离开我一周年的时间
晚十八天来到
这意味着父亲多活了十八天
为这十八天
我未经父亲允许
让他在阴阳之间来回折腾
但我相信
父亲不会责怪我

2018 年 10 月 10 日

成长史

给父亲抓完药
母亲给我买了两个鸡蛋
头天晚上，星星闪亮
母亲就说要带我到镇上
看看汽车，见见世面
还要奖励我鸡蛋
我瘦小，面黄，额头长包
父亲生病后，我有一个月
没见过鸡蛋。从村里到镇上
要过一条河，枯水季节
可以直接从河滩走过去
比过桥要少走一里路
母亲给我剥鸡蛋，看着我吃完
看着我用手擦了擦嘴巴
母亲左手提着父亲的药
药里有黄连，也有甘草
右手牵着五岁的我
从河滩往回走
走上河堤时，母亲说
这一河的卵石要是鸡蛋该多好哇
母亲说这句话的声音

跟在耳背的爷爷面前
说话的声音一样大
也许是吃到鸡蛋高兴了
也许是听懂了母亲的话
从镇上回来，十里山路
我只让母亲牵着我
回到家里，母亲当着父亲的面
夸我，平儿长大了
村里七八个五岁的小孩
就平儿不要人背
从镇上自己走回来

2018 年 8 月

乡村画

牛在前
爷爷在后
爷爷的后面
是我骑着竹马
奔跑在夕阳里
三十年后
牛在前
父亲在后
父亲的后面
是我从未见过牛的女儿
女儿学着牛叫
喊着爷爷
从牛到牛
从爷爷到爷爷
我古老的乡村
有多少沧桑

1999年8月

在海边听到家乡大水

我带着女儿在海边散步
手机响了
是父亲打来的
这是父亲第一次打我的手机
父亲说家乡大水
有五个人被冲走
其中四个是我认识的
我不认识的是一个三岁男孩
上百间砖瓦房
乡亲们祖孙三代的积攒
转眼之间成为泡影
父亲呜咽声中的大水
沿倒水河到长江后
最多三天就会流入大海
大海多美啊
面对女儿的赞美
我像台风过后的老渔夫一样沉默
我要不要告诉女儿老家大水
我要不要对女儿说
海水的蓝色里
有多少人间的苦难

周末的晚报上
如果再有在海边
发现无名尸的消息
我一定要去辨认
看看是不是我的乡亲

2004 年 7 月

走　丢

我看见父亲时
他还在公告栏前
念念有词
公告栏上有四则
走丢的消息
一个小孩，三个大人
父亲识字不多
但一辈子保持着
只要有他认识的字
看报，翻书，看见标语牌
他都会念出声来
仿佛父亲是有意要证明
他念过小学
我不知道父亲
在公告栏前站了多久
走丢的消息念了几次
他到城里住的几个月里
每天在小区附近走一节课的路
但今天三节课了还没回来
桌上的饭菜快凉了
我担心父亲走丢

父亲看见我
知道我是出来找他的
对我说，放心
回家的路他熟
他不会走丢的
走到小区门口的十字路口
父亲问我，城里的路
笔直，宽敞，明亮
怎么还有人走丢
乡下的路
弯曲，窄小，灰暗
祖祖辈辈没听说过
有谁走丢

2020 年 2 月 19 日

就是这个人间

母亲在九天之上
父亲在九泉之下

从九泉之下到九天之上
隔着一个人间

就是这个人间
让九天之上和九泉之下
成为同一个地方

就像父亲和母亲
葬在同一个山丘

2018 年 10 月 8 日

剥糖纸的声音

纸能发出的最美妙声音
就是剥开一颗糖时
糖纸发出的声音
那是甜滋滋的声音
是美滋滋的声音
是乐滋滋的声音
母亲每次去镇上买盐
都会买几颗糖
糖纸像牛皮纸不透明
但我能透过糖纸
看见糖的甜蜜
放学回来
母亲的柴火饭还没煮熟
我的哭闹症因饥饿发作
母亲拿出一颗糖
拿出我童年时的灵丹妙药
我在母亲剥糖纸的
声音中破涕为笑

2020 年 5 月 12 日

第五辑　我试着加入大海的弹奏

航海志

读航海志时
我会用蓝色墨水的钢笔
在记录沉船的文字下
画上细小的波浪线
我用这种方式
标出沉船的位置
我希望大海永远像我画出的
波浪线一样风平浪静
那些千百年来的沉船
在这样的波浪间
浮出海面

2019 年 2 月 13 日

城　堡

我只在大海退潮时
在沙滩上修筑我的城堡
我知道，大海会在涨潮时
带走我的城堡
但我乐此不疲
我爱大海
我愿意波涛每个瞬间的骄傲里
有我一生的徒劳

2018 年 9 月 15 日

大　海

退潮时，礁石颁布的
消声法令，在大海涨潮时
失效。低垂的帆
在风中写着挽联
追思一位长发水手
鸥鸟在甲板上
一次次在即将起飞的瞬间
收拢翅膀。它的犹豫
跟我的沉默有关
多少年过去了
我不再相信我收集的贝壳
还铭记着早已黯淡的珍珠
波涛喧嚣，在我的沉默里
空谈大海的辽阔

2018 年 10 月 6 日

鸥　鸟

晨曦中，我看见一只鸥鸟
站在桅杆顶上。此刻，船还在波浪
的鼾声里沉睡，船梦见了鸥鸟
我看见的鸥鸟，为了能在桅杆顶上站稳
张开了平衡的翅膀
船梦见的鸥鸟，张开翅膀
引领着自己在大海上飞翔
我看见鸥鸟，和船梦见的鸥鸟
是同一只鸥鸟

2013 年 2 月 8 日

大海短句

浪是大海在练习长高
海鸥是大海在梦想飞翔

你坐在礁石上
大海用你忧郁的目光
染蓝自己每一缕头发

2013年5月

我试着加入大海的弹奏

没有人能在沙滩上
将黄昏的脚印留到天明
住在海边的日子
我每天黄昏都到沙滩上走走
我留下的脚印
是大海涨潮时
波涛在沙滩上要寻找的琴键
我试着加入大海的弹奏
我听到的涛声
总是美妙无比

2018 年 9 月 20 日

遥寄

那些在乌云中迷失的事物
那些在闪电中撕裂的事物
会随雨水回到你身边

那些谎言的浪花
在真理的礁石上破碎时
你会听到大海古老的歌声

星星醉了，月亮的银色酒壶里
还剩下最后一杯酒
我把它洒在大地上

你如果能早点醒来
一定会看见每一棵小草因担心露珠熄灭
在微风中忍住摇曳

2013年1月

驼　队

我到海边时
海正在退潮
海一浪低过一浪退缩
沙滩一步紧跟一步扩张
夕阳用最后的金黄
为沙滩戴上胜券在握的桂冠
如果海按眼前的节奏
一直退潮到明天早晨
海会不会消失
沙滩会不会成为沙漠
退潮的涛声
治好了我多年的失眠症
沉沉的梦中
我四处奔走
用卖掉舟船的钱
为大海建造一支驼队

2020年1月20日

邮　差

落潮时，我给你写的每一封信
你收到的，都是涨潮

你在大海那边
波涛是我们唯一的邮差

除了你我，月亮知道
邮差在送信途中没停止修改我的信

2019 年 12 月 15 日

浸泡海带

这把海带什么时候买回来的
我已经忘了。从海带身上的盐渍
判断，这把海带已在橱柜里
至少半年。今晚有朋友
远道而来，我记忆中
他最爱喝海带排骨汤
下午三点，我就在洗菜盆里
灌满水，我多年的熬汤经验
海带要浸泡一个多小时
可今天，我的经验失效了
不到半个小时，在洗菜盆
平静的水面下，我看见
海带在飘动，像我站在窗前
想起一个人时窗帘的飘动
海带想起了大海的波浪

2018 年 7 月

冬　至

大海打着波浪的寒噤
我的木柴已晒干
我等着你带来
从初春泡到深秋的酒
我们围炉而坐
这次我负责添柴
你负责温酒
我们一起等待一场大雪
在碰杯的脆响里
无声地覆盖
这间老屋的黑屋顶
我们不会像当年
看谁把谁灌醉
而只想
大海的涛声里
我们听得见疲惫
听不见伤悲

2018年12月4日

防晕船指南

上岸后，同船出海的人
都在他耳边复述防晕船指南
不能吃得太饱，忌油腻与辛辣
食物必须易消化 。座位通风良好
背部紧靠着椅背，用充气枕头垫
固定头部，不要让头部随船转弯摆动
双目远眺，面向海平线，不看白头浪
不看窗外一闪而过的海鸥
听听怀旧音乐，有淡淡的乡愁
和坐在身边的人聊金童玉女出轨
心平气和，不刨根问底，不路见不平
上船的前夜睡眠充足，一夜好梦
梦中有灿烂的日出，辉煌的彼岸
不疲劳，不看书，不在手机上电子阅读
含一片鲜姜在嘴里，不管老姜嫩姜
备一些糖果，最好有初恋时爱吃的酸梅
人丹不常见了，风油精携带方便
白天涂在太阳穴不犯晕
晚上抹在小腿上防蚊叮虫咬
是药三分毒，但最有效的还是晕船药
上船前半小时服一至二片

他笑了笑，他的笑里有海水的苦涩和孤独
他从来不晕船，他翻江倒海地呕吐
是夜晚一场慢酒的酒劲
借助天亮后的快船发作

2019年4月23日

大海紧裹着一身夕阳

炊烟的叹息中
黄昏向行色匆匆的人
打探它夜晚落脚的地点
大海紧裹着一身夕阳
像风中打坐的高僧
紧裹着金色的袈裟
波动的嘴唇念念有词
我坐在一块垂暮的礁石上
从金箔一样的明亮里
练习如何用缓慢跳动的心
温暖即将来临的冬天
多少年来
我用于模仿自己的镜子
将从这个黄昏开始不再闪烁
我是不是到了
开口说话的时候了
那些沉默的箴言
会像清晨的鸟鸣
重新覆盖针叶林中
弯曲的石径

2010年8月

晨　练

大海在浪尖上做仰卧起坐
小螃蟹在沙滩上做俯卧撑

帆在桅杆上深呼吸
船随桨的伸缩做扩胸运动

海鸥在练习空翻
礁石给乌龟示范打坐

我押着太阳升起的节拍快走
一个老人踩着雾消散的步伐慢跑

2018 年 8 月

扫海一眼

住在海边三年了
我每天至少看海半个小时
在种满沙漠仙人掌的阳台上
在细叶榕树下的石凳上
我看到的海
是书面语的海
是诗人笔管里流出的海
海的蓝就是墨水的蓝
一天傍晚
我陪女儿坐在海边
女儿说海里有好多好多水
海边的风好大好大
海上没有树
海燕住在哪里
海在女儿的话里成了口语
成了我已迟钝感官中的海
我开始每天闻到海的腥味
我开始将海浪看成一名清洁工
每天清晨将海的垃圾扫到岸边
从此我路过海时只扫海一眼
像在大街上碰到认识多年
但不想打招呼的人

2003年7月2日

苦　海

在没有见到海时
我就不止一次
在作文中用过苦海这个词
那是小学四年级
每次写作文
都在贫农李大爷和张奶奶
忆苦思甜后
他们满脸的泪水
沿着老师的启发
流成我作文里的苦海
大学毕业后
见到了海
看到海水的蔚蓝
海鸥的洁白
海滩的金黄
写海的三十多首诗里
都不见苦海
直到今年五月
在外伶仃岛
海水蓝得让我兴奋不已
一个海浪呛了我一口海水

我吐出海水

自言自语地说

苦海

2020 年 5 月 22 日

大海是重复的

大海是重复的
这是我女儿九岁时
发现的秘密
那时我家刚搬到海边
女儿看见海浪
一个接一个向岸边跑来
又一个接一个退到海里
从下午到傍晚
大海都在做这件事
女儿说
大海是重复的
像她每天跳舞前
要做的准备动作
大海能不能做点别的
让鱼儿到岸上玩玩
让海浪好好睡一觉
让海水不苦也不涩
谁是第一个看见大海的人
他和我女儿看到的大海
是同一个大海

2005 年 3 月 5 日

我从波涛的嗡鸣中

我从波涛的嗡鸣中
听见夜残留的寂静

不见帆影
你半醒的眼睛薄雾迷离

用云的借口推迟日出
像我们原谅彼此曾经的错失

等待一夜的涨潮
只给了我们一个浪花的拥抱

谁在想用海峡
测试一只黑脚海鸟疲惫的翅膀

2020 年 1 月

观　潮

在水边等水。在躺着的水边
等水站起来，像你一样向我走来
我渴望能校正水巨大的时钟
让铺天盖地的震撼随我的心一起跳动

在水边等水。在近处的水边
等远处的水，像你一样提前到来
水在水上奔跑，水的脚印留在水上
我记忆的江河上是你的笑容在流淌

在水边等水。在安静的水边
等热闹的水，像你一样不再离开
天色渐暗，有谁听见水在喧嚣中哭泣
我像落日下的孤儿，在水中寻找自己的影子

2007 年 11 月

我知道是风把门关上的

我知道是风把门关上的
但我仍然放下手中的书
从座椅上起身
快速地走到门后
把门打开
看看门外是谁关的门
他为什么不经我允许
就把门关上

2019 年 12 月 28 日

老人与海

黄昏的沙滩
我看见
老人用左手
推倒自己用右手
搭建的城堡
然后举起双手
在波浪的轰鸣中
欢呼胜利

2020 年 3 月 15 日

我梦见我失眠了

我梦见我失眠了
在梦中失眠的我
数完大地上每一只羊
默读完天空中所有的星星
辗转反侧完人类每一种睡姿
吃完医生允许的
超剂量极限的安眠药
都无法入睡
直到天亮了
阳光用芒刺将我刺醒
那个梦中失眠的我
才睡着
才做起白日梦

2020 年 2 月 5 日

一万或万一

海鸥的歌声里，一朵浪花
有一万朵浪花的洁白和欢乐

风帆的叹息中，一万朵浪花
只有一朵浪花的蓝色和忧郁

广场上，喧嚣的人群
一个人有一万个人肤浅的欲望

孤灯下，静寂的背影
一万个人只有一个人深刻的虚无

2013 年 1 月

快速入睡

低沉的涛声中
我听见鲸鱼的鼾声
在随身携带的记事本上
我写下这句话
就睡着了

2020 年 4 月 10 日

后记：诗与词的静夜思

万物静谧之夜，我离星星很近。

一切浸润在夜色之中，一切又都醒着。那些忽明忽暗的事物，带着自身的情感寂寥和词语结构归于新生的沉默。一切在时间的流动中，有了空间的跨度。

天上星河轮转，地上小径蜿蜒。曾经熟悉的草丛，在幽暗中展现出一幅陌生的图景。在精神的源头，总有未尽的词语走在语言认知的途中。那些最先进入词语通道的事物，在诗人设置的秩序中行走。天幕广大，大野韬晦，那些隐微的光，时刻都在渴望照亮黑暗的地方。

诗人赋予词语新意，在明暗交替中事物因此而重新降临。有形和无形，眼前的现实和缥缈的虚无，诗人审视着每一个词语，力求以最少的词语表达最丰富复杂的意义。

我关注着细微的事物，在夜晚保持一种警觉。在偏执的审美中，一些在风中若隐若现的果实伸手可摘。当小夜曲转换成有温度的调音师，徜徉在曼妙琴音的洗涤中，原有的酸辛和寂然被生活发酵为神圣的贡品，供奉在诗歌的大殿内。

“一声已动物皆静，四座无言星欲稀。”静默创造了另一种声音，静默用不可复制的词语说出事物内部巨大的秘密。

世间万物都在自己的轨道运行，更多衍生的词语撞击在诗句激情与苦役的嬗变中，它们随时带着四维的耳朵，当我们对其俯身，倾听词语出发的声音，来自内心的图像、回声和阴影对事物的表达。

词语雕塑着事物的雕像，事物披着词语的光芒，让我们看见日常生活的真相都在“别情无处说”的诗中成为现实的意外。

跨越词语的栅栏，去完成个体生命的经验和感受，去重构存在的现实感和现场感。

“要有光，走在自身的黑暗中”，这是上苍赋予诗人的非凡能力。

风在夜晚带来多疑的气息，追寻着词语的星光落在草叶伸展的身体上，尽管屋顶上的人已打着水漂走远了。追念之光想参透每块石头，而参不透的秘密总是潜入午夜最深处，在自己捉摸不定的空间和虚无的内部消音区，做一个信赖的使者。相信深呼吸的骨节上终会盛开无数的花朵。而它们携带的词章借助星体的光亮，一直向着黎明重复这样的生活。

在攀爬词语的梯子上，谁能做一个飞翔者?

词语的犁耙精耕细作着经验的沃土，我冥思的汗珠滴落在忧郁隐秘的裂隙间，直到灵感的月亮升起来，和我对视。我在一首首诗中，挥舞着收割的银色镰刀，一次次完成与自己的和解。

总有某个瞬间，我会忘记天空的辽阔。露珠的碎影总会在消失后复归于被光芒遮蔽的叶片上。这让我知道，细微事物闪烁的眼睛里，有双重的光芒。

我在诗中听见的雨声，都是随着词语的风声滴落。

我想在黎明之前抵达远山。远山是一抹青黛色，云雾缭绕。但在那里，日出的曙光会最早照亮我，早起的人，会看见我的身影。汹涌的人群会淹没我，我在喧嚣中写的诗，必须押着孤独的韵。艾略特说，一个诗人在自己的时代读者群大与否无关紧要，要紧的是每个时代应当经常保持少量的读者。我希望我现在读懂艾略特还为时不晚。

我在静夜默读诗集，总有惊雷在我翻动书页的瞬间炸响。静夜多么自由。发光的词语提着星星的灯盏，黎明的地平线上，我写下长长的诗行。

熬夜就是熬汤。我在失眠的文火上熬着黑夜的海带汤，我经验的不锈钢勺，有多精确的刻度，才能让词语的盐，猜中诗歌之味永恒的谜语。

卢卫平

1965 年 9 生于湖北红安，现居珠海。
曾出版《异乡的老鼠》《向下生长的枝条》《尘世生活》《各就各位》《浊酒杯》《打开天空的钥匙》《一万或万一》《留言簿》《我后悔让这块石头开花》等诗集。
获第三届华文青年诗人奖、《诗刊》2008 年度优秀诗人、2007 中国·星星年度诗人奖、第九届广东省鲁迅文学奖、2018 年首届《草堂》诗歌奖年度实力诗人奖、第二届刘禹锡诗歌奖、第四届中国天水“李杜诗歌奖”等奖项。
有诗作翻译成英语、葡萄牙语、瑞典语、俄语、日语等多国语言发表。

有度文化

北岳好书

蒙尘的镜子——卢卫平诗选（1985—2020）

出品人｜郭文礼　　选题策划｜左树涛　　责任编辑｜左树涛

复　审｜陈学清　　终　审｜古卫红　　书籍设计｜张永文

印装监制｜郭　勇　　项目运营｜有度文化·刘文飞工作室

投稿邮箱｜liuwenfei0223@163.com

微　博｜http://weibo.com/liuwenfei0223　　微信公众号｜txsk2013_